DIETMAR
KRÖNERT

TERRAFORMING
MARS

DAS JAHRTAUSENDPROJEKT

FSC
www.fsc.org

MIX

Papier aus ver-
antwortungsvollen
Quellen
Paper from
responsible sources

FSC® C105338

DIETMAR KRÖNERT

TERRAFORMING MARS

DAS JAHRTAUSENDPROJEKT

Die Science-Fiction-Saga

Bibliografische Information der Deutschen Bibliothek:
Die Deutsche Bibliothek verzeichnet diese Publikation in der
Deutschen Nationalbibliografie; detaillierte bibliografische
Daten sind im Internet unter *http://dnb.ddb.de* abrufbar.

Impressum
© 2024 Dietmar Krönert
Umschlagabbildung: Dietmar Krönert
Verlag: BoD • Books on Demand GmbH, In de Tarpen 42,
22848 Norderstedt
Druck: Libri Plureos GmbH, Friedensallee 273, 22763
Hamburg
ISBN: 978-3-7597-4251-3

Die 2020er Jahre

Mark »Boss« Zeptor hatte es verstanden, vollmundig und mit großartigen Versprechungen gespickt Millionen Aktien unter das hoffnungsvolle Anlegervolk zu streuen. Wie viele andere schon vor ihm verfolgte er mit den Spar- und Anlagegeldern anderer Leute, eigene Ziele zu realisieren. Mark »Boss« Zeptor gründete sein privates Hightech-Raumfahrtunternehmen zu einer Zeit, als private Raumfahrt gerade begann, in Mode zu kommen.

Sein Halbbruder Leon DeSato Zeptor war da weniger visionär geprägt. Er handelte mit Devisen, war ein talentierter Shortseller und spielte überall dort mit, wo auch immer die Gerüchteküche einen schnellen Dollar versprach. Also gründete er aus dem Nichts heraus die Bitcoin Börse »ORGANO«. Eine unübersehbare Schar von Anlegern, Spekulanten und Gutgläubigen brachten ihr sauer verdientes Geld ein und hofften auf schnelle und überproportionale Ernte. Was auch geschah.

Die Spekulanten haderten aber dann mit sich, als sie sahen, dass es auch nach ihrem Ausstieg ungebremst weiter in die Höhe ging. Der Verstand setzte bei nicht wenigen aus, und nachdem auch das bekannte Bauchgefühl kein verlässlicher Ratgeber mehr war, reinvestierten die meisten erneut. Es lief, von vielen Außenstehenden neidisch verfolgt, richtig gut. Dann schloss Leon DeSato Zeptor den Handel mit den imaginären Werten übergangslos, plötzlich und unangekündigt. Billionen verschwanden über Nacht im elektronischen Dickicht und im weltweiten Bankengeflecht auf Nimmerwiedersehen.

**Ähnlichkeiten mit zukünftigen Personen
oder Geschehnissen sind rein zufällig
und keinesfalls beabsichtigt.**

2070: Regierungen, Einzelstaaten sowie Staatenbündnisse haben ihre Macht- und Führungskompetenzen längst an mächtige Industrieunternehmen oder Einzelpersonen abgegeben – sind quasi sang- und klanglos auf das Niveau von Debattierklubs herabgesunken.

Mit der permanenten Zuwanderung von Flüchtlingen in die entwickelten Länder verbreiteten sich deren Gewohnheiten innerhalb der Aufnahmeländer. In gleichem Maße nahm die Bedeutung der Nationalstaaten kontinuierlich ab.

Zwischen den neuen Machtzentren und Fürstentümern vegetierten die Menschenmassen in selbstorganisierten Slums und Favelas mehr oder weniger miserabel dahin.

Am Ende war die Rückkehr zu archaischen Zuständen praktisch unumkehrbar abgeschlossen.

1. TEIL

2070

Rubin Zeptor arbeitete schon immer eng mit seinem Großvater Mark zusammen. Schließlich ging es um nicht weniger als den Bergbaukonzern, den er einmal erben und weiterführen soll.

Rubin lief also auf seinen kleinen, wackeligen Beinchen schon früh mit dem Opa mit. Er sah ihm zu, wie der Opa den Abbau der verschiedenen Rohstoffe auf dem irdischen Mond und im Asteroidengürtel und deren Weiterverarbeitung vor Ort managte. Er sah ihm zu, wie der Opa mit seinen Angestellten und Bergbauingenieuren, aber auch mit seinen Raumschiffkommandanten umging und verfuhr. Oft saß er zu Opas Füßen und spielte mit Gesteinsproben und einem alten Gaschromatografen Prospektor.

Mark Zeptor war für das Kind Mutter und Vater zugleich. Er redete von seiner Arbeit mit dem Enkel und hörte sich dessen kindliche Probleme an, aber auch die tollen, unbelasteten Ideen, die den kleinen Gehirnwindungen bisweilen entsprangen.

Rubins Mutter war das, was Rubin manches Mal spielte, Prospektorin. Als solche war sie unentwegt auf der Suche nach ergiebigen Rohstoffquellen, die es auszubeuten lohnte. Das füllte sie völlig aus. Mit der Mutterrolle hatte Audry Zeptor-Lengly nichts am Helm. Das konnte ruhig jeder wissen.

Etliche Jahre später arbeiteten Rubin und Opa Mark als Team zusammen. Und die Übergabe des Unternehmens ging dann nur eine kurze Periode später vonstatten.

AC-10997-B

Rubin steuerte AC-10997-B an, ein zwanzig Kilometer großer Gesteins-Asteroid, den die Firma nun seit mehr als drei Jahren Stück für Stück auseinandernahm, um an die wertvollen Rohstoffe heranzukommen. Metalle, Gase und Wasser in Form von Eis; nicht unwichtig für die Energiegewinnung vor Ort.

Mit der Sonne im Rücken erschien AC-10997-B wie ein mattschwarzer Fleck vor tiefschwarzem Hintergrund. Ein silberfarbener Fleck auf seiner Oberfläche markierte den Standort der Fabrik auf dem Asteroiden. Mit gleichmäßiger Geschwindigkeit näherte sich Rubin mit seinem Firebird IV[1] dem silbernen Funkeln.

Entgegen den alten Hollywood-Filmen muss Rubin nicht wie irre zwischen herumtaumelnden Gesteinsbrocken navigieren, um im Sekundentakt irgendwelchen Felsstücken auszuweichen. In der Realität ist der Raum zwischen den inneren Gesteinsplaneten und den äußeren Gasriesen fast schon als unendlich und leer zu bezeichnen. Milliarden Bruchstücke, Asteroiden und eingewanderte Kleinstplaneten verlieren sich geradezu in den ungeheueren Weiten.

Rubin setzte im Hangar der Fabrik seinen Firebird IV

auf einer Parkverriegelung sanft auf. Ein bunter, metallic-silberner Tupfer zwischen den parkenden grauen Raumtransportern der Ingenieure und des Personals. Rubin begab sich direkt in die zentrale Leitstelle, wo ihn Christian Bolgor, der die Fabrik leitet, bereits erwartete. Da AC-10997-B nur eine sehr schwache Anziehungskraft hatte, waren Rubins Stiefel, wie die des gesamten Personals auch, elastisch magnetisiert. Das ermöglichte den Leuten ein einigermaßen gewohntes Gehen. Trotzdem müssen die Leute täglich für eine gewisse Zeit in der Zentrifuge trainieren. Die 1,2-fache Erdanziehung ist für den Erhalt des Bewegungsapparates und aller Körperfunktionen unabdingbar. Auch der Toilettenraum innerhalb der Zentrifuge wird gerne von den Leuten benützt. Wer macht's nicht gerne so, wie man es seit jeher gewohnt ist.

»Hi, Boss!«, begrüßte Christian den Freund wie gewohnt herzlich.

»Christian!«

»Die aktuellen Daten des Prospektors liegen jetzt vollständig vor«, sprach Bolgor an, was ohnehin schon großteils bekannt war. »Aus diesem Quadranten ist nichts mehr herauszuholen. Die Frage ist jetzt, ob wir die Fabrik auf die andere Seite des Asteroiden versetzen, um den Gold-Claim auszubeuten, oder ob wir uns endgültig vom Objekt lösen.«

»Danke, Chris«, sagte Rubin bereits in Gedanken.

Er wollte die Frage schnellstens vom Tisch haben. Konzentriert blickte er auf das Zahlenwerk des Prospektors, das sein Kommunikator in den Raum projizierte. Wie gewohnt legte Rubin den Zeigefinger an die Lippen, wie er es seinerzeit von seinem Opa Mark abgeschaut hatte. Man konnte es ihm förmlich ansehen, wie er die Zahlen überschlägig verarbeitete. Nach Prospektor Hanams Zahlen wären noch gut zwanzig Tonnen Gold förderwürdig. Alle anderen restlichen Rohstoffe von Wert sind vernachlässigbar.

»Hm … ja«, machte Rubin nach nur wenigen Augenblicken. »Chris, wir versetzen die Fabrik nach AN-189928-CC. Der Asteroid scheint sehr vielversprechend zu sein. Das Gold hier abzubauen lohnt nicht. Das sollen andere fördern, falls irgendjemand Interesse daran haben sollte, was wohl eher unwahrscheinlich ist.«

»OK, Rubin. Ich werde die Abteilungsleiter anweisen, alle Vorbereitungen zu treffen. In zwanzig Stunden können wir dann damit beginnen, die Fabrik zu versetzen. Ich rechne mit bis zu sieben Monaten Fahrt für die zweieinhalb Millionen Kilometer, die bis zu dem neuen Standort zurückzulegen sind.«

Da die Sache nun beschlossen und abgesegnet war, begaben sich Rubin und Chris in die Stadt. Eine Zwischenebene innerhalb der gigantischen Fabrik mit Läden, Restaurants, Kinos, Bars und Clubs aller Art. Das Personal und Durchreisende haben hier genügend Möglichkeiten, ihre freie Zeit zu verbringen oder Einkäufe zu tätigen. Rubin und Chris begaben sich ins »Stargate«, das so etwas wie ihre Stammkneipe war.

Eine Theorie besagt, dass der Asteroidengürtel die Überreste eines neunten Planeten sein könnten, den Urkräfte vor Urzeiten zerrissen hatten. Wenn dem so ist, dann dürften die schweren Metalle aus dem Planetenkern allesamt noch durch den Gürtel schwirren. Insbesondere auch Gold. In der Erdgeschichte sind über die Äonen nur geringe Mengen des edlen Metalls in die obersten Erdschichten gelangt. Zum Beispiel durch Vulkantätigkeit.
Sobald aber die Rohstoffe des Asteroidenrings industriell abgebaut werden, ist Gold nur noch schön anzuschauen, aber mehr auch nicht. Der Mythos des Goldes ist dann dahin.

Die Fabrik wird sich ihrem Ziel auf den letzten Metern nur noch durch die natürliche, minimale Gravitation von AN-189928-CC annähern. Direkt vor dem ersten Kontakt werden die allgemein nur Korkenzieher genannten Ankereinheiten aktiviert. Die Bezeichnung Korkenzieher kommt nicht von ungefähr. Schrauben sich doch Dutzende davon für eine erste Verankerung mit dem Asteroiden in dessen Oberfläche hinein. Gleich darauf wird eine feste Verbindung von Asteroid und Fabrik hergestellt. Mit der Vereinigung von Fels oder losen Subtanzen und der Mining Unit knallen dann traditionell die Champagnerkorken. Wobei dann aber so etwas wie ein Korkenzieher auch 2070 nicht vonnöten ist.

Space Mining Association ist die Vereinigung der meisten Bergbauunternehmen, die ihr Geschäft in den Sphären des Sonnensystems betreiben. Außer der Ausrichtung des jährlich stattfindenden »Star Mining Festivals«, obliegt der Association die Überwachung und Steuerung der »Moon Building Cooperation« seiner Aktionäre.

Etliche Bergbauunternehmen haben sich schon mehr oder weniger beachtliche Areale der Marsoberfläche reserviert. Eine Generationeninvestition. Keiner der Eigner des Grundbesitzes wird Zeit seines Lebens den Mars als menschliches Habitat erleben können. Frühestens ihre Urenkel werden sehen, wie die ersten Wälder gepflanzt und Menschen ungeschützt auf der Oberfläche wandeln werden.

Bevor sich die Fabrik endgültig von AC-10997-B lösen wird, werden noch zwei einfache Triebwerke und eine Steuer- und Überwachungseinheit am Asteroiden verankert. Schon kurz nachdem der Asteroid sich selbst überlassen worden war, brachten die Triebwerke das Gesteinsobjekt auf einen neuen Kurs. Nach einer errechneten Reisezeit von achtundfünfzig Jahren wird es sich dann an den kleinen Mond Deimos annähern und bestenfalls mit ihm verbinden. Die Massen der kleinen Marsmonde Phobos und Deimos sollen so kontinuierlich vermehrt, ihre Anziehungskräfte verstärkt werden.

In ferner Zukunft, so die Spekulation, werden dann die Anziehungskräfte der Monde auf den Marskern einwirken, ihn aufheizen und verflüssigen. Ziel ist es, den planetaren Dynamo wiederzubeleben, sodass der Mars einen natürlichen Schutzschirm gegen die harten Strahlen der Sonne und den Gammastrahlen der Galaxis wieder aufbauen und aufrechterhalten kann. Spätestens dann könnte einer Besiedelung des Mars nichts mehr im Wege stehen.

Faktisch wurden bereits Hunderte ausgebeutete Asteroiden auf den Weg gebracht, oft zieht so ein größeres Objekt auch eine Wolke von Staub und Geröll mit auf seiner Bahn. Frühesten in achthundert Jahren sollen dann auch Objekte, die großteils aus Eis bestehen auf neue Bahnen Richtung Marsoberfläche gebracht werden. Was dann ein wenig zum Wasserhaushalt des Planeten beitragen soll. So jedenfalls die Planungen offizieller Stellen für die Schaffung eines lebenswerten Fluchtpunktes zur Erhaltung der menschlichen Rasse.

✳

Nun, da die Entscheidung steht und die Fabrik Fahrt aufnimmt, reden Rubin und Chris auf ihrem Weg ins »Stargate« über alles Mögliche, nur nicht über den Job.

»Wie geht's Frau und Kindern, Chris?«

»Fred geht jetzt in die Schule, er ist richtig groß geworden, und Meli fängt an zu laufen. Ja und Carla hat einen Job in der Technik angenommen.«

»Fein Chris, da hat sie ja erreicht, was sie wollte.«

»So ist es, sie war schon immer eine Schrauberin, bastelte an allen Dingen im Haus herum. Bin jetzt ganz froh, dass kein Werkzeug mehr überall im Flat herumliegt. Ah – da sind wir ja schon.«

Sie betraten das »Stargate« und steuerten ihre übliche Ecke an.

»Und bei dir, wie läuft's bei dir, Rubin?«, frage Chris, nachdem sie Platz genommen hatten. »Immer noch keine adäquate Partnerin gefunden?«

»Kommt noch, Chris, kommt noch.«

Im Moment kam aber erst einmal die Kellnerin. Als Erstes bestellten sie ein kaltes Bier. Das war schon so etwas wie eine Tradition. Das Essen werden sie dann später ordern. Es hat halt alles seine Zeit im »Stargate«.

An den Wänden sind Bildschirme verteilt, sodass die Besucher immer einen TV-Screen im Blick haben, so er denn möchte. Unbewusst und aus Gewohnheit hängt Rubin immer mit einem Auge an einem der Bildwände.

»Also, wie steht denn nun dein Beziehungsstatus?«, fragte Chris nochmal nach. »Na sag schon.«

»Ja … da gibt es eine Alicia Stone bei der Nato Space Defence.«

»Aha, vermutlich im Generalstab?«

»Nein-nein, Chris, sie ist bei der kämpfenden Truppe.«

»Oh, eine Amazone also.«

»Lass uns jetzt lieber das Essen bestellen. Die Sache ist noch längst nicht spruchreif.«

»OK, dann warten wir's mal ab«, meinte Chris und winkte Valmia, die Kellnerin, heran.

Einige Zeit später hielt die Gabel mit dem Bissen, den sich Rubin gerade zum Mund führen wollte, mitten in der Bewegung inne und sank auf den Teller zurück. Der TV-Schirm nahm plötzlich die ganze Aufmerksamkeit Rubins in Anspruch. Mit einer schnellen Bewegung über der Steuereinheit regelte er die Lautstärke für ihren Tisch hoch.

»… Objekt from Outer Space«, kommentierte die TV-Sprecherin die Bilder, auf denen allerdings nicht viel mehr zu sehen war, als ein winziger Punkt neben anderen winzigen Punkten. Ein Pfeil deutete auf den Punkt, der sich entgegen des allgemeinen Drehimpulses des Sonnensystems in eine andere Richtung bewegte.[2]

Die Nachricht erregte schon aus beruflichen Gründen Rubins Neugier und Aufmerksamkeit. Die Nachrichtensprecherin sprach in der Moderation von einem großen Objekt, das aus dem Raum zwischen den Sternen auf das Sonnensystem zurast, was ja an und für sich nichts Ungewöhnliches ist. Der Raum zwischen den Sonnensystemen ist ja nicht völlig leer. Praktisch zu jeder Zeit dringt Material von Außerhalb in den Einflussbereich der Sonne ein. Staub, Nebel oder Kleinstmeteoriden queren ständig den rund vier Lichtjahre weiten Schwerkraftbereich der Sonne. Aber auch größere Brocken sind gerne mal in den heimatlichen Gefilden unterwegs. Ein zirka acht Meilen durchmessender Asteroid, der so groß ist wie ein kleinerer Mond, ist da schon eine Nachricht wert.

So ein Objekt erregt natürlich Rubins berufliches Interesse als Prospektor. Die Abbaurechte an so einem Stück Felsen könnten zwei seiner Fabriken auf Jahre hinaus voll auslasten. Ohne lange nachzudenken aktivierte Rubin seinen Kommunikator via Sprachbefehl. Das »Büro« war ob der Neuigkeit schon informiert und wartete nur noch auf Rubin Zeptors OK, um Interesse und Anspruch auf das neue Objekt bei den Behörden anzumelden.

»Was hältst du davon?«, wollte Rubin spontan von Chris wissen.

»Wir müssen abwarten. So schnell wie das interstellare Objekt aufgetaucht ist, könnte es auch wieder verschwinden. Um es auf die Schnelle abzulenken oder abzubremsen, ist der Brocken einfach zu groß.«

»Könnte sein, könnte aber auch nicht sein. Morgen werden wir mehr wissen.«

Die Männer wandten sich wieder ihren Speisen zu. Das Thema war vorläufig vom Tisch.

Vorläufig gingen auch die Astronomen von NASA und ESA von einem Asteroiden aus, einem Irrläufer, der vor Millionen oder Milliarden Jahren aus seinem Planetensystem herausgeschleudert worden war. Was im Übrigen gar nicht so selten vorkommen soll. Zwei Tage später reichte die NASA ergänzend nach, dass das fremde Objekt exakt aus demselben Quadranten auf das Sonnensystem zurast, aus dem der mutmaßliche Asteroid Oumuamua im Jahre 2017 kam, was auf Hawaiianisch so viel bedeutet wie: Besucher aus längst vergangener Zeit. Im Moment ging man davon aus, dass die beiden Objekte dem ursprünglich gleichen externalisierenden Ereignis zuzuschreiben waren.

Rubin war mit seinem schnellen Raumgleiter Firebird IV wieder zurück auf dem Weg zur Erde, als eine Nachricht von Alicia hereinkam.

»Rubin, Schatz, meine Einheit wurde in Alarmbereitschaft versetzt. Ich bin ab sofort auf Abruf in der Kaserne stationiert. Du weißt, wo du mich finden kannst. Tschüss Schätzchen.«

Rubin wusste, wo Alicia zu finden war, er schickte ihr eine Antwort, die sie in zirka drei Minuten erhalten würde.

»Ich befinde mich bereits im Anflug, Schatz. Ich werde in zirka 16 Stunden in Denver landen.«

Rubin schaltete ab und wechselte auf die Nachrichtensender. Was hat denn das zu bedeuten, Alarmbereitschaft?«, dachte Rubin. Er wählte das Büro an.

»Was ist denn da los, dass man die Raumabwehr in Alarmbereitschaft versetzt hat?«

Der Bürochef Brad Yabo selbst übernahm das Gespräch.

»Du weißt von dem Objekt, das in unsere Hemisphäre eingedrungen ist. Bei dem interstellaren Asteroiden könnte es sich mit hoher Wahrscheinlichkeit um ein künstlich geschaffenes Objekt handeln.«

»Wie das, Brad?«, fragte Rubin, wie immer kurz gehalten zurück.

Sieben Minuten später kam die Antwort:

»Ja, Rubin … das Ding, wie sollte man es auch sonst nennen, hat eine Kurskorrektur vorgenommen. Es fliegt nun auf den Jupiter zu. Es wird den Planeten überholen und den Berechnungen der Astronomen zufolge durch dessen enorme Anziehungskraft abgebremst werden. Wie gesagt, das sind die Berechnungen der Astronomen. Ende …«

»Ist ja interessant, Brad. Da brauchen wir uns um die Abbaulizenzen gar nicht weiter zu bemühen. Danke Brad, Ende und Over.«

»Ende und Over, Chef.« Brad Yabo nickte Perla am Kommunikator zu und gab das Gespräch an sie zurück.

Rubin stellte die Nachrichten laut. Die Inhalte klangen alle ähnlich wie das, was er gerade von Brad gehört hatte. Da braut sich was zusammen, dachte er.

Mit seinem für die Raum- und Luftfahrt gleichermaßen konzipierten Raumgleiter verlief die Landung in Denver glatt. Er setzte wie ein ganz normaler Jet auf der Landebahn auf. Rubin aktivierte seinen Kommunikator und rief Alicia an. Es kam zwar noch eine Verbindung zustande. Das Gespräch mit Alicia war allerdings bruchstückhaft und von einer dominanten Geräuschkulisse gestört. Rubin erkannte das typische Dröhnen, das beim Schub starker Strahltriebwerke entsteht. Er spürte dabei förmlich das somatische Kribbeln in der Magengegend, gerade so, als würde er selbst bei dem Start dabei sein.

Sie hatten sich verpasst. Während er seinen Raumgleiter aufsetzte, wurden drei Raumkreuzer der Space Force vorsorglich in den Weltraum beordert.

Alicia Stone ist Bordingenieurin und Mitglied der kämpfenden Truppe für Einsätze außerhalb des Schiffes. Niemand an Bord ist singulär mit nur einer Position betraut, sondern kann jederzeit und nach Bedarf unterschiedlichen Aufgaben zugeteilt werden. Alicia überwacht die technischen Einrichtungen und Waffen der Kampfeinheit. Da die Technik problemlos arbeitet, ist Alicia im Moment etwas unterfordert. Und daran wird sich in den nächsten Wochen und Monaten auch nicht viel ändern. Die ungeheuren Entfernungen innerhalb des Sonnensystems müssen auch noch in 2070 erst einmal überwunden werden. Was den Leuten bleibt, ist Pumpen und Krafttraining mit musikalischer Untermalung und ionisierenden Getränken.

Wie sagte doch der Sergeant während der Grundausbildung zur Space Force, kam Alicia in den Sinn:

»Die meiste Zeit des Lebens wartet der Soldat vergebens.« Ja, da ist sicher etwas dran.

Das Mehrbereichsteleskop Magellan, das sich in einem sicheren Orbit um den achten Kontinent, dem irdischen Mond, befindet, behält den fremden Himmelskörper seit seiner Entdeckung im Fokus. Magellan lieferte recht gute Bilder von der zerklüfteten Oberfläche des Objektes und zeichnete interessante elektromagnetische Aktivitäten auf.

Das fremde Objekt hatte mithilfe von Jupiters gewaltiger Anziehungskraft seine Fallgeschwindigkeit erheblich reduziert. Im Moment änderte es seinen Kurs erneut, in Richtung von Saturns Umlaufbahn. Während des Manövers hatte Magellan Korrekturschübe von Strahltriebwerken registriert. Es besteht also inzwischen kein Zweifel mehr daran, dass es sich um ein gelenktes Objekt handelt, möglicherweise um eine Art Raumschiff.

Erstaunt nimmt Rubin die Meldungen des Magellanbetreibers zur Kenntnis. Wer hätte gedacht, dass es so plötzlich und unvermittelt zu Kontakten mit Außerirdischen kommen könnte. Und Alicia befindet sich mit ihrer Einheit auf Konfrontationskurs mit den Fremden. Rubin begann sich Sorgen um die Sicherheit seiner Freundin zu machen.

Exodus

»Kake Nouauii Gagaar ... Krckre Gakre Kiiriko ...«

Aber das versteht doch kein Mensch. Also:

»Kake, du leitest die Zündung der Triebwerke ein. Start in zwei Zeiteinheiten.«

Kake salutierte, indem er beide Handkrallen über seinem Kopf kreuzte.

»Jawohl, Großkönig Kroke, wie wird das gemacht?«

»Das weiß ich doch nicht, Kake. Ich bin der Großkönig. Es wird doch nicht so schwierig sein, den Reisemond auf die Reise zum nächsten Sonnensystem zu bringen.«

»Jawohl, du Hoheit!«

Der Großkönig schob seine Bekrönung zurecht und ordnete die ehrenhalber verliehene Orden-Sammlung an seinem insektenartigen Wespenkörper.

»Na dann«, sprach's und verließ die spärlich eingerichtete Steuerzentrale.

»Hoch dem Großkönig!«, jubelte das versammelte Startpersonal dem Kroke hinterher.

»Rokka, du bringst das Mondschiff auf den Kurs nach Derdo«, ordnete Kake an.

»Jawohl, Derdo. Jawohl, Kake. Flugkoordinator. Jawohl.«

Dann wurde es nach und nach ruhig in dem Asteroiden. Kroke, Kake, Rokka und all die anderen hatten ihre Pflicht getan. Sie starben irgendwann und zu unterschiedlichen Zeiten ab und verfielen in Jahrtausenden zu Staub.

Zu dieser Zeit, vor 540.000 Jahren, hatten die Kreke, wie sie sich selber nannten, ihren Planeten verlassen. Das heißt, natürlich nicht alle, sondern nur die Minderheit der Eliten. Als letzte intelligente Metamorphose hatten sie keine andere Wahl als den Exodus. Die metamorphosen Vorstufen der Kreke-Eliten waren so erfolgreich als Art unterwegs gewesen, dass auf ihrem Planeten am Ende kein anderes Leben mehr existierte. Die Insektenrasse, mit Schwarmintelligenz gesegnet aber ohne echten Verstand, hatte alles aufgefressen. Und am Ende fraßen sie sich gegenseitig. Ohne Pflanzenbewuchs nahm der Sauerstoff in der Atmosphäre innerhalb von wenigen Jahrhunderten kontinuierlich ab. Das Leben auf dem Planeten stand kurz vor dem Aus, als die intelligenteren Insektoiden, die letzte Entwicklungsform ihrer Spezies, damit begannen, einen Mond auszuhöhlen, um mithilfe des Himmelskörpers eine neue Heimat zu suchen.

Der untypische Raumflugkörper wurde rechtzeitig fertig. Die Eliten schifften sich ein und überließen das Multimilliardenvolk der Kreke ihrem Schicksal. Das heißt, auf dem aufgeheizten Planeten hatte nichts mehr eine Chance zu überleben.

Und nun waren sie da, Schwierigkeiten wurden nicht erwartet, denn sie waren ja die Eliten.

Anmerkung: Wie oft die Kreke in der Vergangenheit schon auf einen anderen Planeten wechselten, ist nirgendwo belegt. Einfach ausgedrückt: Sie wissen es selber nicht.

Alicia Stone hatte die militärische Ausbildung bei den Raumlandetruppen vor kurzem erst abgeschlossen. Und nun, beinahe just in time, wurde ihre Einheit direkt in einen Einsatz mit ungewissem Ausgang beordert. Man hatte ihr kaum Zeit gelassen, sich in ihre neue Situation bei der 9. Kavallerie einzugewöhnen. Als sich der bewaffnete Truppentransporter, mit Standardbesatzung und ohne Truppenkontingent, außerhalb der Erdatmosphäre befand und nur noch ein gleichmäßiges, leises Fauchen der Triebwerke die Tätigkeiten an Bord begleitete, wurden sie gebrieft.

»Ein fremdes Objekt ist in das Sonnensystem einge-drungen. Es erscheint optisch wie ein gewöhnlicher Ge-steins-Asteroid. Das Objekt bewegt sich aber nicht wie ein natürlicher Himmelskörper, sondern ändert seinen Kurs wie ein Raumschiff nach belieben. Auch arbeitende Strahltriebwerke konnten sicher nachgewiesen werden.«

Captain Foster machte eine bedeutungsvolle Pause und blickte auffordernd in die Runde. Prompt kamen die Fragen und Captain Foster winkte gleich wieder ab.

»Ihre Neugier in Ehren, aber die Generalität sto-chert wie wir auch im Dunkeln. Es handelt sich wohl um fremde Intelligenzen von außerhalb. Wir sind nun gehalten, das fremde »Raumschiff« unter Beobachtung zu halten und notfalls Aggressionen der Fremden ent-gegenzuwirken.«

Foster hatte nun wohl alles verkündet, wovon er glaubte, was es zu verkünden gab, und machte einen Ab-gang.

»Danke Leute, wenn Sie noch Fragen haben, wenden Sie sich an den Verbindungsoffizier Sekond Lieutenant Joderowsky, der steht Ihnen für alles Weitere zur Verfü-gung.«

Foster war weg und Joderowsky stand auf, um die aufkommenden Wogen zu glätten.

»Also ... äh, viel mehr als das, was Captain Foster so-eben verkündet hatte, kann ich Ihnen auch nicht sagen. Ich möchte aber anfügen, dass man innerhalb von Space Control einen Zusammenhang mit einem Ereignis aus dem Jahre 2017 vermutet. Damals fiel ein anderer, außersolarer Asteroid quer durch das Sonnensystem. Er tauchte am 19. Oktober 2017 auf. Die Anziehungskraft unserer Sonne beschleunigte das Objekt weiter und im Swing-by-Verfahren änderte es seine Richtung auf Beta Centauri. Das Objekt erhielt damals den Namen »Oumuamua«, was in der Sprache der Hawaiianer so viel heißt wie »Besucher aus längst vergangener Zeit«.

Alicia war sprachlos. Ausgerechnet sie sollte gleich bei ihrem ersten Einsatz mit Außerirdischen in Kontakt beziehungsweise in Konflikt kommen. Unfassbar.

Obwohl mit den neuesten Triebwerken und Antriebstechniken ausgestattet, benötigten die drei Kampfeinheiten vierundzwanzig Wochen um den fremden Asteroiden auf der Planetenbahn des Saturn zu erreichen. Die drei Schiffe der Raumabwehr bezogen ihre Positionen. Zwei der Kommandoeinheiten SD 16 und SD 08 hatten den Auftrag, den »Asteroiden« in einigem Abstand unter Beobachtung zu halten. Das weitaus moderner ausgestattete Raumschiff SS 144 soll sich dem Objekt nähern und weitestgehend auskundschaften.

Alicia Stone war jetzt also ganz vorne mit dabei, ganz schön aufregend.

Captain Foster fand den Job weder aufregend, noch

hatte er irgendwelche Bedenken, sich dem Asteroiden zu nähern. Die Oberflächenstruktur des Objektes nahm jetzt schon das ganze Hauptschirmformat ein. Das Bild unterschied sich in nichts von anderen Asteroidenoberflächen. Das wirkte alles ziemlich harmlos und so blieb es auch. Wenn die Instrumente nicht das Vorhandensein von Energieflüssen aus dem Inneren des Objektes registrieren würden, könnte man den dicken Brocken tatsächlich für einen Gesteinsklumpen halten.

SS 144 näherte sich weiter an und schwenkte dann in eine Umlaufbahn um den Haufen Dreck ein, wie Foster sich ausdrückte. Die geringe Anziehungskraft des Asteroiden hielt SS 144 wie einen Satelliten in einer langsamen Umlaufbahn.

Foster wurde langsam wütend. Schlimmer noch, er fühlte sich geradezu beleidigt, weil man ganz offensichtlich keinerlei Notiz von seiner Anwesenheit nahm. Foster hatte vor nichts Angst. Wenn es irgendwo brenzlig wurde, dann wurde es eben brenzlig. Und dann muss man oftmals schnelle und konsequente Entscheidungen treffen. Aber völlig ignoriert zu werden, das zerrte an seinen Nerven und machte ihn noch stinkiger, als er es ohnehin schon war.

Tage vergingen.

»Entweder sind die Typen da drüben überaus höflich oder völlig verblödet«, machte sich Foster Luft. Doch gerade in dem Moment erschienen plötzlich runde Öffnungen in der vernarbten Oberfläche und vier Triebwerke begannen zu arbeiten. Der Asteroid schob sich langsam aus der Saturnbahn und nahm Kurs auf die inneren Planeten. Nicht weit entfernt von SS 144 fauchten die Schubdüsen des Asteroiden. Foster gab den Befehl, dem leichten Kursschwenk mitzugehen und am Objekt dranzubleiben.

»Egal, wer da drinnen etwas zu melden hat, er geht mir gewaltig auf den Keks.«

»Die Kursdaten des Objektes sind eindeutig«, sprach die KI-generierte Stimme aus der Überwachungszentrale der Space Control in Denver. »Das Raumfahrzeug bewegt sich direkt in Richtung Erde. Bis dato hat es noch auf keine der uns bekannten Frequenzen in irgendeiner Form reagiert.«

»Das haben wir hier auch schon mitbekommen. Was immer da drinnen lebt oder haust, ignoriert unsere Anwesenheit völlig. Wahrscheinlich sind die einfach nur blöde«, unterbrach Foster mehr an sich selbst gerichtet das künstlich generierte Gesicht eines hübschen Mädels mit einer netten, militärisch angehauchten Kopfbedeckung.

Nach Fosters persönlichen Einschätzungen fuhr der Kommunikator selbstständig und ungerührt fort, die mehrere Stunden alte Nachricht aus der Einsatzzentrale abzuspielen. »Bis auf weiteres halten Sie die Stellung und warten weitere Anweisungen ab. Ende und over.«

Der Kommunikator verstummte. Das alles ging dem Captain sichtlich auf die Nerven. Ein Beobachtungsposten war das Letzte, wozu sich Foster berufen fühlte. Den Berechnungen zufolge wird es weit mehr als ein Jahr dauern, bis das Stück Felsen in die Nähe der Erde kommen wird. Und das machte die Sache für Foster nur noch unerträglicher.

> *Raumfahrt hatte schon immer etwas mit langen Zeiträumen und Abwarten zu tun.*

Das wusste auch Captain Foster. Nun, die Zeit verging und lange bevor der Asteroid in die Nähe der Erde kam, öffnete sich plötzlich und unvermittelt eine große Öffnung in der Asteroidenlandschaft. Wie bei einer Blüte drehten sich keilförmige Segmente nach außen. Große Mengen Geröll und Ablagerungen schwebten davon. Erst geschah nichts, doch dann strömten vier Reihen, nicht enden wollender Raumfahrzeuge heraus. Die schachtelförmigen Apparate schwenkten wie auf Kommando eines nach dem anderen in Richtung Erde.

Das Ereignis riss Foster aus seiner beginnenden Lethargie. Sofort lies er Fahrt in Richtung der offenen Hangars aufnehmen.

»Benachrichtigen Sie die Einsatzzentrale, dass wir versuchen werden, in das Objekt einzudringen«, rief er Verbindungsoffizier Joderowsky zu.

Auf Antwort brauchte er nicht zu warten, die könnte länger dauern. Foster wusste die Chance zu nutzen. Hier musste unverzüglich gehandelt werden. Auch wenn er sich damit mindestens eine Rüge einhandeln wird.

»Holen Sie alles aus den Maschinen heraus, wir müssen da rein, bevor die Schotten wieder dicht machen«, brachte er seine unaufgeregte Pilotin auf Trab. Dann machte er eine Durchsage an die Mannschaft. »Leute, wir werden den sturen Typen da drüben einen Besuch abstatten. Machen Sie sich gefechtsbereit.«

Dann war es aber doch nicht ganz so eilig gewesen, hinzukommen. Unter der SS 144 in Warteposition fielen über achtundzwanzig Stunden lang die Kästen aus der Öffnung heraus.

Der achte Kontinent

Mit der Umsetzung von Mining Unit 3 nach AN-189928-CC waren die aktuellen Konzernentscheidungen abgeschlossen. Mit anderen Worten, Rubin hatte im Moment nicht viel zu tun und hätte seine Hände getrost in den Schoß legen können. Tat es aber nicht. Er grübelte über die neuesten Ereignisse nach und entschied sich dann gegen das Schoßlegen. Was seinem Naturell doch eher entsprach. Rubin lies seinen Raumgleiter Firebird IV durchchecken und lies alles Nötige an Bord bringen, von dem er annahm, dass er es in der nächsten Zeit gebrauchen könnte. Dann brach er in Richtung der konzerneigenen Mondbasis auf.

Um in die südpolare Mondregion zu gelangen, musste Rubin allerdings einige Umwege in Kauf nehmen. Seit bekannt war, dass ein monströses fremdes Raumfahrzeug in Richtung Erde unterwegs ist, wurden im Umkreis von militärischen Anlagen die Flugverbote weiter verschärft.

Als seinerzeit zwei euroasiatische Großmächte ihre Areale militärisch aufgerüstet hatten, zogen die meisten Staaten gleich und rüsteten ihre Mondprovinzen ebenfalls auf.

Die Nato Stützpunkte waren ganz konservativ mit 120mm Glattrohrkanonen ausgestattet. Baugleich mit jenen Geschützrohren, mit denen schon sechzig oder siebzig Jahre zuvor Abrams und Leopard-Panzer ausgerüstet waren. An dieser Waffe konnte nichts mehr verbessert werden. Also wurden sie auch auf dem achten Kontinent eingeführt. Die rechnergesteuerten Batterien galten als äußerst Zielgenau. Sollte ein Geschoss sein Ziel dennoch einmal verfehlen, so würde es sich geradlinig und ungebremst bis in alle Ewigkeiten in den stellaren und galaktischen Räumen verlieren.

Die Raumabwehrflotten der verschiedenen Nationen, die sich normalerweise untereinander nicht grün sind, befinden sich im Anflug auf den fremden Stern. Allgemein weiß niemand so recht, was von dem acht Meilen mächtigen Raumfahrzeug zu halten ist. Wenigstens besteht vorerst keine Kollisionsgefahr für die Erde. Doch dann spuckte das Objekt unvermittelt wahre Massen von Kastenförmigen Flugobjekten aus, die dicht gestaffelt auf die Erde zusteuerten. Unbeirrt und die irdischen Raumschiffe völlig missachtend, doch das hätte ihnen Captain Foster auch sagen können.

Zwischenzeitlich wurde gemeldet, dass immer noch kein wie auch immer gearteter Funkkontakt zu den Fremden hergestellt werden konnte. Die russischen und die indischen Raumflotten gaben erste Warnschüsse ab, ohne auch nur die geringsten Reaktionen zu bewirken. Japanische, europäische, brasilianische Einheiten und die USA zogen nach und feuerten jetzt gezielt. Die fremden Raumfahrzeuge flogen ungerührt weiter. Auch als die Dinger reihenweise vor den irdischen Einheiten explodierten, kam keine Unruhe in den Reihen von den kaum noch zu zählenden Raumfahrzeugen auf. Die Situation war geradezu grotesk. Ratlosigkeit machte sich breit. Ein Fahrzeug nach dem anderen zerplatzte ohne jede Gegenreaktion. Trotzdem war es unmöglich, die gesamte Invasionsflotte aufzuhalten, es waren einfach zu viele.

Die ESA brachte als Erste den Gedanken auf, dass es sich um eine Invasionsflotte handeln könnte, die mit einem Großteil von Verlusten kalkuliert. Man kenne das von Vögel-, Fisch- oder Insektenschwärmen auf der Erde, die gegen Fressfeinde auf schiere Masse setzen. Und so kam es dann auch, Zigtausende Fluggeräte gingen auf der Erde nieder. Es sah nicht danach aus, als würden die Dinger wieder starten können oder wollen. Im Gegenteil, das was da niederging, erinnerte mehr an so etwas wie Wohncontainer.

Sie waren gekommen, um zu bleiben

Die Menschen in ihren Städten und mehr noch in den ländlichen Gebieten gerieten völlig unvorbereitet in Schwierigkeiten und Gefährdungen.

Den Landekästen, die weltweit niedergingen, entstiegen riesenhafte, ameisenähnliche Viecher mit großen, schwarzen Fassettenaugen und einer Art Papageienschnabel. Ihre Wespenkörper glühten geradezu in einem Gefahr verheißenden Rot. Aufrecht gehend machten sie sich ohne Verzögerung daran, in alle Richtungen auseinanderzuschwärmen. Wie hirnlose Roboter marschierte das Viehzeug geradeaus, vorbei an Wohnhäusern, Farmen und Wäldern, kilometerweit. Nur Wände und Mauern konnten sie aufhalten, falls die Mauer quer im Wege stand. Dann marschierten sie weiter gegen das Hindernis wie ein aufgezogenes Kinderspielzeug.

Manche Menschen machten sich schon lustig über die dämlichen Insektenviecher. Doch die Belustigung hörte schlagartig auf, als die Rieseninsekten, wo immer sie sich gerade befanden, umfielen und Hunderte madenähnliche Würmer aus den Körpern herausbrachen. Die weißlichen Würmer gruben sich in die Erde ein, Hunderte Millionen von ihnen verschwanden in kürzester Zeit unter der Erde.

Pilotin und Navigator, selbst Captain Foster hatten Schweißperlen auf der Stirn. Die Anspannung auf der Brücke war fast greifbar. Der Raumkreuzer näherte sich den langsam zurückschwingenden Segmenten. Es schien das reinste Glücksspiel zu sein, ohne anzuecken in den interstellaren Raumflugkörper zu gelangen. Pilotin Betty Bernnet zauberte mit der bestmöglichen Annäherungsgeschwindigkeit und einem passenden Anstellwinkel, um das Innere des Invasionssterns zu entern.

Im Innern erstreckten sich von allen Seiten her einfache Schienenführungssysteme, auf denen die Kästen durch die Öffnung nach draußen gerutscht waren. Einfach, simpel und effizient. Rings um den Raumkreuzer waren weitere bestückte oder geleerte Schienenstrecken zu erkennen, so weit die Optik in die allgemeine Dunkelheit hineinreichte.

Captain Foster blickte ganz entgegen seiner Art nachdenklich auf die Bildschirme und Anzeigen.

»Mir scheint, diese Kreaturen fliegen von Stern zu Stern, um geeignete Planeten mit ihrer Rasse zu impfen.«

»...«

Allgemeine Stille. Die Anwesenden nahmen den Anblick von diesem riesigen, simpel-effizienten Mechanismus beinahe ehrfürchtig auf.

»Keinerlei Lebenszeichen, keine Atmosphäre. Außer dieser unübersehbaren Menge von diesen Kästen gibt es hier nichts zu melden«, meldete Lieutenant Major Toni Nkoma in die Stille hinein. »Man könnte sagen, wir haben uns selbst ins Aus manövriert.«

»Danke Toni. Aber jetzt, wo wir schon mal da sind, werden wir die Kästen etwas näher unter die Lupe nehmen«, sagte Captain Foster. »Lieutenant Alicia Stone und Major Toni Nkoma, Sie haben die ehrenvolle Aufgabe, das zu übernehmen.«

Nkoma und Stone legten ihre Raumanzüge an und begaben sich in die Luftschleuse. Schwerelos wie im freien Weltraum schwebten sie zum nächstgelegenen Kasten hin. Nkoma machte sich an dem Öffnungsmechanismus der Luke zu schaffen.

»Ein ganz einfacher Verschlussriegel, keine besonderen Sicherungsvorrichtungen«, sprach er in sein Micro.

Nkoma und Stone leuchteten in das Innere hinein. Ihnen offenbarte sich ein Horrorgemälde, wie es HR Giger nicht besser hätte in Szene setzen können. Dreißig riesenhafte, purpurne Insekten saßen da, regungslos angeschnallt in sechs Reihen. Den unwillkürlichen Fluchtreflex hatten sie schon einen Augenblick später überwunden. Dem Reflex, nach ihren Waffen zu greifen, gaben sie jedoch nach. Nkoma blickte auf seine Instrumente.

»Tot«, sagte er wie zu sich selbst. »Oder gefriergetrocknet. Über jedem der Individuen hängen vier Glaskörper, gefüllt mit gallertartigen Flüssigkeiten. Körperflüssigkeiten, würde ich sagen. Es führen Schläuche, die in Kanülen enden, in die Körper hinein. Ich würde sagen, die Viecher sind zeitlos trocken konserviert, um sie zu gegebener Zeit wiederzubeleben.«

»Kommen Sie zurück«, befahl Foster in Nkomas Ausführungen hinein. »Wir müssen die Kommandoeinheit des Invasionssterns finden, das hat Vorrang. Ende!«

Kleine Erdhügelchen waren überall da entstanden, wo sich das Gewürm in die Erde gegraben hatte. Weltweit, überall, millionenfach. Und ständig kamen neue hinzu. Doch im Laufe der Zeit wurden die Erdauswürfe immer größer. Diese Alien- Insekten schienen von Generation zu Generation immer größer zu werden. Man konnte förmlich zusehen, wie aus Lehm, Dreck und ihren Ausscheidungen die Erdhügel in die Höhe wuchsen. Schon die dritte oder vierte Generation des Getiers war auf die Länge eines Unterarmes angewachsen. Die Alien-Metamorphosen begannen damit, in ihrer näheren Umgebung alles Biologische, also alles Fressbare abzuernten und in ihren unterirdischen Nestern wieder herauszuwürgen. Nahrung für die nächste, noch größere Generation. Nach nur sechs Monaten wurden bis zu achtzig Zentimeter lange Exemplare gesichtet.

Auf der SS 144 herrschte immer noch Alarmstufe Rot. Der Raumkreuzer war bereit, sich gegen alles und jeden zu verteidigen. Aber gegen was oder wen eigentlich? Nichts und niemand schienen die ungebetenen Eindringlinge zu stören. So etwas hatte die Besatzung des Raumkreuzers nicht erwartet.

»Major Nkoma, schicken Sie Drohnen aus, um das Innere des Invasionssterns zu erkunden. Es muss ja schließlich so etwas wie einen Kommandostand oder eine Brücke geben.«

Um es kurz zu machen: Von den Enden der Gleitschienen führten Kabel an den grob behauenen Wänden irgendwohin. Der Bordcomputer errechnete daraus einen Punkt, an dem sich die Kabel zusammenfanden. Wahrscheinlich wurde von dort aus das Aussetzen der Kästen gesteuert. Was die Drohnen dort vorfanden, war ein zimmergroßer Rechenmechanismus aus purem

Gold, so jedenfalls eine erste Analyse. Der ganze Invasionsstern war wohl äußerst einfach aufgebaut, um nach Hunderttausenden von Jahren immer noch seine Mission erfüllen zu können. Mehr auch nicht! Captain Foster hatte sein Schiff samt Mannschaft in ein Felsengefängnis hineinmanövriert, ohne Aussicht, je wieder nach draußen zu gelangen.

Die Wandstärke des hohlen Asteroiden aus den tiefen der Galaxis ist an keiner Stelle schmaler als achthundert Meter. Ein unüberwindliches Hindernis für den Raumkreuzer. Als letzte Option bliebe noch die Möglichkeit, sich den Weg durch das Schleusenschott freizuschießen. Die notwendige Detonationsenergie könnte jedoch die Sicherheit des eigenen Schiffs gefährden. Das wäre dann wohl die letzte Möglichkeit, Schiff und Mannschaft zu retten.

Wie nach jeder Katastrophe in der Menschheitsgeschichte trat bald ein Gewöhnungsprozess ein. Die Menschen in London gingen wieder ihren gewohnten Tätigkeiten nach. Vor Bora Bora zelebrierte man das Tiefseetauchen mit Haien. Auf dem Mond ging der Abbau des Elementes H3 unbeirrt weiter und am Metropolitan wurde Verdis »La Traviata« gegeben. Menschentypisch ist das Verdrängen der bösen Gegebenheiten des Lebens. Irgendjemand wird sich schon um dieses Viehzeug kümmern. »Ich habe zu tun!«

Die genetisch programmierten Alien-Insekten kümmerten sich ebenso wenig um die Gegebenheiten ihres Daseins. Sie vermehren sich ohne Verstand. Unter der Erdoberfläche rumorte es, bis die ersten Gebäude einstürzten.

Die Sprecherin des Senders »Vegas up 7« verlas emotionslos, dass sich einige der Alien-Kuppelhügel südlich der Stadt gebildet hatten. Die Menschen hatten ja schon von der Invasion gehört und sahen sich die Bilder in ihren TV-Geräten an. Darum soll sich mal die Regierung Nevadas Kümmern. Schließlich hatte man sie ja für solcherlei Nebensächlichkeiten gewählt, war die allgemeine Meinung der meisten Einwohner und Spieler in der Stadt.

Ähnliches sahen und hörten auch die Bürger von Lagos, Nigeria, Edinburgh, Wien, San Franzisco oder Stuttgart. Praktisch überall auf der Welt machten sich die Eindringlinge von irgendwoher unter der Erde breit. Offenbar zeigte das kompliziert strukturierte Alienzeug auch weiterhin keinerlei Interesse an einer Kontaktaufnahme zu den irdischen Ureinwohnern. Im Gegenteil, sie rechneten die Menschen wie ganz selbstverständlich ihrem Nahrungsangebot zu. Also kam es ganz schnell zum Krieg.

Die Saat geht auf

Während reguläre Truppen mit ihrem Geballer die Riesentermiten dezimierten, sobald sie sich an der Oberfläche zeigten, bildeten sich immer mehr weit verzweigte Tunnelsysteme und Nester unter ihren Füßen. Zweigeschlechtliche Muttertiere wurden herangefüttert, die schon bald große Mengen halbdurchsichtige, milchige Eierkokons produzierten, in denen sich etwas Großes,

Rotes entwickelte. Doch davon ahnte noch niemand etwas. Das unaussprechlich Abartige breitete sich im Untergrund unaufhörlich aus.

Die Generäle waren jedenfalls zufrieden. Das Rumgeballere zeigte Wirkung. Überall auf dem Planeten lagen die hässlichen fetten Monstertermiten in den letzten Zuckungen und wurden mit Bulldozern zusammengeschoben und verbrannt. Die Bulldozer ebneten ganz nebenbei auch gleich noch die Erdhügel ein. Praktisch in einem Aufwasch. Die Militärs klopften sich in seltener Eintracht gegenseitig auf die Schultern, dass die Schulterklappen nur so klapperten.

Friede auf Erden kehrte wieder ein. Generäle nahmen wieder Abstand zu Generälen anderer Nationen, wie man es ja nicht anders gewohnt war. Ein Pyrrhussieg. Unter der Erde entwickelten sich das Leben und die Metamorphosen weiter.

Rubin Zeptor hatte mit seinem Raumgleiter Firebird IV zu den beiden verbliebenen Raumkreuzern aufgeschlossen. Dort angekommen musste er erfahren, dass die Verbindung zu dem dritten Schiff direkt nach dessen Eindringen in das fremde System abgebrochen war. Offenbar war das Raumschiff im Inneren des Invasionssterns verschollen. Und damit befand sich auch Alicia Stone in Gefahr. Rubin begann sich berechtigte Sorgen zu machen. Der hohle Asteroid fiel ohne Antrieb auf den Planeten Mars zu. Wenn sich dessen Kurs und Geschwindigkeit nicht wesentlich änderten, wird der Planet den Hohlkörper einfangen und in einer Umlaufbahn an sich binden.

Rubin überlegte nicht lange und beorderte Mining Unit 2, die dem Mars noch am nächsten war, in Richtung Mars Fahrt aufzunehmen. Die Bergbaufabrik dürfte nur unwesentlich später nach dem fremden Asteroiden über dem Planeten erscheinen. Rubin hatte so eine diffuse Ahnung, dass es möglicherweise ein Fehler sein könnte, mit der Verlegung der Fabrik zu lange zu warten. Auch wenn eine Fabrikverlegung immer mit großen Umständen verbunden war. Die Gegebenheiten waren im Moment nur schwer zu beeinflussen. Aber Rubin wollte sich nicht vorwerfen müssen, durch sein Zögern für den Tod von Alicia und der Mannschaft des Raumkreuzers verantwortlich zu sein.

Die unheimliche Gefahr
aus dem Untergrund

Kairo, 6. Mai. Der Nachrichtensprecher des staatlichen Fernsehens sprach gewohnt emotionslos von einem sechsstöckigen Wohnhaus, das ohne erkennbare Ursachen plötzlich mitten in der Nacht zur Seite gekippt und dann in sich zusammengefallen war.

Sydney, 7. Mai. Zwei Geschäftshäuser in der City sind über der vierspurigen Straße zwischen den Gebäuden gegeneinander gekippt und in sich zusammengestürzt. Laut Baubehörde eine Unmöglichkeit. Alle Untersuchungen des Untergrundes in den vergangenen 120 Jahren hätten keinerlei Anhaltspunkte von Instabilität ergeben. »Man werde der Ursache aber auf den Grund gehen«, versprach der Sprecher der Baubehörde.

Genua, am selben Tag. Der Glockenturm der Kirche Santa Maria sei plötzlich in sich zusammengefallen, verkündete die Sprecherin des RAI ziemlich aufgewühlt. Und obwohl man aus gegebenem Anlass erneut alle Brückenbauten der Stadt sicherheitstechnisch untersucht hatte, sei schon wieder eine Straßenbrücke eingestürzt. Eine unbekannte Anzahl von Opfern sei zu beklagen.

8. Mai. Weltweit dominieren die Nachrichten von

einstürzenden Bauwerken die Sendungen der kombinierten Podcast-Radio-TV-Sender.

9. Mai. Noch waren sich die verantwortlichen Politiker und das Militär sicher, das Problem im Griff zu haben. Man war allgemein der Meinung, in Bälde sei die Alienbrut ausgerottet. Man beglückwünschte sich gegenseitig und heftete Auszeichnungen an die Uniformen verdienter Kommandeure. Bis plötzlich und überall der Boden unter den Füßen nachgab und sich völlig unerwartet Krater auftaten.

So kann man sich täuschen. Die Monstertermiten waren nichts weiter als eine Art Vorhut für die wahre Invasion. Wer hätte je gedacht, dass eine Invasion aus dem All vom Untergrund unter den eigenen Füßen ausgehen würde.

Wie sollte man mit Kriegsschiffen und Flugzeugen, mit Panzern und Raumkreuzern eine sich permanent reproduzierende Untergrundinvasion bekämpfen. Jetzt waren weltweit Pioniere gefragt, von denen es in allen Streitkräften aufgabenbedingt nur eine begrenzte Anzahl gab. Soldaten mussten ausgebildet und mit Waffen und Caterpillar-Maschinen ausgerüstet werden. Und es muss sehr schnell gehen, denn …

12. Oktober. Im Marsorbit ist es ruhig, sehr ruhig. Inzwischen weiß man, dass von dem eingewanderten hohlen Asteroiden keine direkte Gefährdung zu befürchten ist. Der Asteroid ist ein Wanderer von Stern zu Stern. Ein einfaches System, das nur einem einzigen Zweck dient, jeden erreichbaren Planeten, der Leben beherbergen kann, mit ihrer insektenähnlichen Rasse zu impfen.

Ganz anders auf der Erde, wo sich soeben jedwede Zivilisation in der Tendenz der Auflösung befindet. Wo die Anarchie herrscht und die meisten Regierungen unbekannt verzogen sind. Es herrscht die Devise vor: »Rette sich, wer kann.« Wer einst Bürgerin oder Bürger eines funktionierenden Staatswesens war, ist nun auf Gedeih und Verderb auf sich alleine gestellt.

Massenaussterben 6.0 [3]

In den vergangenen Hunderten von Millionen Jahren, ist in der Erdgeschichte das Leben fünf Mal fast zur Gänze ausgelöscht worden. Dass es heute überhaupt Menschen gibt, ist kleinen, pelzigen Säugetieren zuzuschreiben, die ihrer Winzigkeit wegen unter den riesigen Sauriern in Gängen und Nestern unter der Erdoberfläche existierten und übererlebten. »Déjà-vu«. Da scheint sich etwas zu wiederholen.

Die Ernährungsvoraussetzungen auf der Erde scheinen für die Invasoren ganz besonders gut zu sein. Die inzwischen metergroßen Monstertermiten finden reichlich Nahrung. Also pflanzliches aller Art, Vögel samt ihren Eiern und Nestern. Tiere mit und ohne Fell. Sie fressen Dreck und Erde mit all den proteinreichen Insekten und Würmern, die unter der Erde existieren und Menschen jeder Größe. Nichts wird verschmäht, auch nicht andere Exemplare der eigenen Art. Ganz schnell wurde aus ekeligen Viechern, von denen man nicht wusste, wie sie einzuordnen waren, eine existenzielle Gefahr für die gesamte Menschheit.

Die neuen Herren der Erde

Und genau jetzt ereignete sich die letzte Metamorphose. Die riesenhaften Königinnen, die Zeit ihres Lebens nicht das Tageslicht sehen, produzieren zwischendurch Eier von zwei Metern Länge. Darin reifen Kreaturen heran, die den anfänglichen roten Invasoren ähneln. Diese dritte Art befreit sich nach einem Reifeprozess aus den pulsierenden, zuckenden Kokons. Die Riesentermiten waren also auch nur eine Übergangsart und Wegbereiter für die bislang letzte Metamorphose. Eine insektoide Spezies, die zwar den Invasoren, die damals den Landekästen entstiegen waren, ähneln, aber erstaunlich intelligent und zielgerichtet agieren.

Auf der inzwischen weitestgehend verwüsteten Erde entwickelt sich zusehends eine neue Zivilisation auf den Trümmern der Menschheit. In den wenigen Medien, die noch auf Sendung waren, sprach man nur noch vom Überfall der Killerameisenmonster. Wohl in Anlehnung an südamerikanische Wanderameisen, die auf ihrem Vernichtungszug durch die Botanik nichts Lebendiges zurückließen, was nicht auf drei verduftet war. Man fand noch heraus, dass das heisere Vogelgekrächze der roten Kreaturen die Kommunikation im direkten Umgang unter ihresgleichen ist. Die Verständigung über weite Strecken erfolgt mit Duftstoffen, was wohl die Entwicklung von so etwas wie Funkverkehr überflüssig machte. Ob die Individuen überhaupt über genügend eigenen Verstand und Selbsterkenntnis verfügten, blieb ungeklärt. Man einigte sich darauf, der Rasse eine Art Schwarmintelligenz zuzuschreiben.

Was nicht von den ekeligen, weißhäutigen Kreaturen überwältigt wird, fällt schon bald Plünderern und Marodeuren zum Opfer. Die Menschheit ist drauf und dran auszusterben.

»Eine hoffnungsvolle Art, die sich soeben noch darauf vorbereitet hatte, die Galaxis zu erobern, droht nun schon bald in Vergessenheit zu geraten.«

Mining Unit 2

Mining Unit 2 näherte sich langsam an den außersolaren Asteroiden an und verankerte sich wie gewohnt auf dessen Oberfläche.

»Der Eagle ist gelandet, Rubin. Kann's gleich losgehen?«

»Unverzüglich, Robert. Grabt euch in die Eingeweide des Drecksklumpens hinein.«

Abteilungsleiter Robert Decker drehte sich zu seinen Mitarbeitern um.

Ihr habt's gehört«, sagte er zu den Leuten. »Wir graben ab sofort und ganz offiziell für die Rettung der Menschheit, gelle!«

Die versammelte Mannschaft nahm's wie stets gelassen und machte sich ans Werk. Sprenglöcher wurden gebohrt und große Stücke aus dem Hohlkörper herausgebrochen. Die Hunderten Meter großen Brocken wurden dann umgehend in Richtung der Monde Phobos und Deimos auf den Weg gebracht. Damit kam der Abraum ganz nebenbei dem Projekt »Terraforming Mars« zugute.

Solange der Kreuzer SS 144 innerhalb des Invasionssterns gefangen ist, halten die beiden anderen Raumkreuzer SD16 und SD08 die Stellung. Bereit, jederzeit einzugreifen, falls es notwendig sein sollte. Man hatte inzwischen die fest installierten Triebwerke des Himmelskörpers von der Größe eines kleinen Mondes untersucht. Die dürften allerdings hauptsächlich für Steuermanöver taugen. Zu mehr werden die einfachen Strahltriebwerke kaum zu gebrauchen sein. Beschleunigung und Kursänderungen eines so großen Objektes geschehen dann wohl ausschließlich über das bekannte Swing-by-Verfahren.

Während im Orbit des Planeten Mars eine geradezu gespenstische Ruhe herrschte, geht auf der Erde jegliche Zivilisation zu Grunde. Die ungezügelte Vermehrung der verschiedenen Entwicklungszustände der fremden Rasse war nun wohl endgültig nicht mehr zu stoppen.

Jedes der insektenartigen Humaniden der ersten Invasionswelle war nicht mehr als eine Brutstätte für Hunderte von Larven der ersten Generation. Während sich die Wirtstiere wie Zombies in alle Himmelsrichtungen verliefen, wurden sie von innen heraus von den Maden in ihren Körpern aufgefressen, bis sie umkippten. Die Maden brachen aus den Körpern hervor und gruben sich unverzüglich ins Erdreich ein. Unter den Erdhügeln und in den Gängen wuchsen die harmlos wirkenden Maden von Generation zu Generation zu wahren Monstertermiten heran. Die Viecher fraßen alles Biologische in ihrer Reichweite, ebenso wie auch Dreck und kannibalisierten obendrein die eigene Art. Ausgespiene Verdauungssäfte lösten gar Beton sowie die darin enthaltenen Eisenarmierungen.

Das Ende der Menschheit war vorprogrammiert und nur noch eine Frage der Zeit. Aus den größten Termiteneiern schlüpfte schließlich die intelligente und extrem wehrhafte letzte Entwicklungsstufe. Insektenartige Humaniden, die den ersten, stumpfsinnigen Ankömmlingen äußerlich glichen.

Die mittelgroßen Termitentiere vermehrten sich vehement weiter und der ganze Erdball wurde nach und nach von den gefräßigen Biestern durchgekaut. Begegneten sich zwei Termiten im Untergrund, wurde unweigerlich eine davon gefressen, verdaut und ausgeschieden. Bereits nach einem Jahr war die obere Planetenkruste ein einziges Gewimmel von gefräßigen, weißen Leibern.

Der Planet war verloren. Die Menschheit hatte ausgespielt.

Alicia Stones Halbschwester Maren Sulivan war mit ihren beiden Söhnen Tom und Jerry auf der Flucht ohne Fluchtpunkt. Will heißen, nach einem Jahr mit den eingewanderten Rieseninsekten, gab es nur noch wenige sichere Gebiete, Gebiete die man aber erst einmal ausfindig machen musste. Von anderen Überlebenden hatte Maren Gerüchte gehört, dass die Solomon River Mountains, ein Vorgebirge der Rocky Mountains wohl insektenfrei sein soll. Maren war mit ihren Kindern auf dem Weg dahin. Sie hatte Eds Gewehr und die dazugehörige Munition mitgenommen. Jeder Mann und jede Frau war jetzt auf sich selbst gestellt und für die eigene Sicherheit verantwortlich. Mal eben die Polizei rufen, das war einmal.

Maren hatte sich einer Gruppe von vier anderen Frauen und Müttern angeschlossen. Mit all den Dingen, die sie mit sich schleppten, kam der kleine Trupp nur langsam voran.

Als die Wände ihres Hauses in Pajette zu wackeln begannen, dachte Maren zum ersten Mal ernsthaft daran, sich die Zwillinge zu schnappen und sich auf den Weg ins Gebirge zu machen. Dann kam auch noch ihre Nachbarin Muriel herüber, um sie zu fragen, ob es nicht besser wäre, in die Berge zu fliehen. »Wir sind hier nicht mehr sicher«, fügte sie noch bekräftigend hinzu.

Bis zum Abend hatte sich so ein kleiner Trupp von fünf bewaffneten Frauen und ihren sieben Kindern gebildet. Das jüngste, der kleine Paul, war zwei Jahre alt, das älteste war siebzehn, hieß Shiela und war ebenfalls bewaffnet. Das

Mädchen im Teenageralter war somit den Erwachsenen zuzurechnen. Niemandem fiel es leicht, die gewohnte Heimat zu verlassen. Aber unter ihren Füßen rumorte das außerirdische und höchst anpassungsfähige Leben.

Hie und da bewegte sich der Erdboden, als führe er ein Eigenleben. Doch daran hatte man sich beinahe schon gewöhnt. Nur wenn die immerwährende, knisternde Geräuschkulisse plötzlich anschwoll, war es nicht ganz verkehrt, schnellstens zu verschwinden, bevor die bleichen Riesentermiten aus dem Untergrund auftauchten.

Die Männer der fünf Frauen und zwei erwachsene Söhne waren zu Tode gekommen, als sich das Grauen unter der Erde der Stadt näherte. Man hörte zu Anfang ja noch die Berichte aus anderen Teilen des Landes. Die Männer der Stadt haben sich daraufhin in die Tunnelsysteme hineingegraben, um die Insekteninvasion zu bekämpfen. Im Grunde war ihr Einsatz hoffnungslos. Mehrere Dutzend wurden im Untergrund verschüttet. Sieben von ihnen konnten sich jedoch nicht mehr befreien. Nun müssen deren Frauen mit sich und ihren Kindern allein zurechtkommen.

Am Morgen des zwanzigsten Mai setzte sich die kleine Gruppe in Bewegung. Immer die fernen Berge im Blick und mit allem, was man außer Waffen wohlweißlich noch so alles mitführen sollte. Von Wasser und Wasserkanistern bis hin zu Nahrungsmittelvorräten und

Medikamenten, also mit allem, was überhaupt noch verfügbar war. In Drugstores und Supermärkten waren die Regale längst leer. Die meisten Mall's und Handelsgebäude zerstört oder schon gänzlich eingeebnet. Auf Nachschub konnte in dieser Situation niemand mehr hoffen.

Drei Hausfrauen, ein Teenager und zwei Farmerfrauen mit den Kindern setzten zu einem höchst gefährlichen Marsch in Richtung Boise an. Alles, was sie zum Leben noch benötigten und besaßen, hatten sie auf einen alten Heuwagen aus der ersten Hälfte des vorigen Jahrhunderts gepackt. Einer von Marthas Ur-Urgroßvätern hatte den Ochsenwagen noch in Gebrauch gehabt. Martha, eine der Farmerfrauen, hatte sich daran erinnert, dass ihr als Kind auf ihren Entdeckungstouren auf ihrer Farm der Wagen zwischen allem möglichen Gerümpel aufgefallen war. Jetzt lief sie vorne neben den beiden Rindern her, bis sie es vielleicht doch noch lernten, die Tiere mit den Zügeln zu lenken und zu führen.

Die Landstriche sind zwar weitestgehend von Menschen Tieren und Pflanzen entleert. Man könnte aber auf einzelne oder Gruppen von anderen Menschen stoßen. Misstrauen ist jedoch angebracht. Schließlich sind ihre Vorräte, die Rinder, der Hund und am Ende sie selbst Nahrung.

Der erste Tag verlief ohne Zwischenfälle, und am Abend, am Rastplatz, stellten sie Fallen auf in der Hoffnung, dass sich darin ein, zwei Murmeltiere verfangen könnten. Man wird von dem leben müssen, was man findet oder fängt. Schlimmstenfalls würde man auch Gras fressen müssen. Vielleicht tappt ein Präriehund in die Falle. Aber der Bestand der kleinen Pelztiere geht ohnehin zurück, weil die Riesentermiten ihre Gänge und Höhlen kreuzen. Aber auch die überlebenden Menschen fangen, was sie nur kriegen können.

Wenn es Nacht wird, muss jeweils eine von ihnen Wache halten. Sicher ist das nicht, zu leicht kann man übergangslos einnicken. Zum Glück haben sie noch den ehemaligen Hofhund Bess, der mit guten Sinnen ausgestattet ist. Bessy, wie ihn die Kinder rufen, hat seinen Platz ganz oben auf dem Wagen in Besitz genommen. Nachts ist er dann meist unterwegs. Der Hund nimmt die Aufgabe, sein Rudel zu beschützen, sehr ernst. Er trottet immer mal wieder zu seinen Leuten hin, um deren gleichmäßigen Atemzügen zu lauschen. »Alles OK.«

Die Nacht war bereits weit fortgeschritten und Anna war ganz leicht eingenickt, das heißt, sie bekam absolut nichts von ihrer Umgebung mit. Bess stupste Anna mit seiner feuchten Nase mehrmals an, bis Anna die Augen aufschlug.

»Was is'n los, Albert«, sagte sie und sah sich verwundert in der Nacht um. »Was machen wir denn hier draußen?« Dann reagierte Anna aber ziemlich schnell, als sie erkannte, was Bess von ihr wollte. Sie rüttelte die anderen an den Schultern. »Irgendwer ist da in der Dunkelheit, Maren. Bessy hat irgendetwas wahrgenommen.«

In die Gruppe kam Bewegung. Judy und Amanda spannten die Rinder ein. Im Osten hinter den Bergen ließ sich bereits das Leuchten der aufgehenden Sonne erahnen.

»Ich hatte gestern schon den ganzen Tag über so ein Gefühl, dass uns jemand beobachtet«, sagte Amanda zu den anderen, als sie mit den Rindern fertig war.

Bevor sie dann in den beginnenden Morgen hinein loszogen, mussten noch die Kühe gemolken werden. Zu Trinken hatten sie genug, außer der Milch für den kleinen Paul und den älteren Kindern, floss ja das kristallklare, kalte Wasser in den Bergbächen. Nahrung war dagegen ein Problem. Die wenigen Vorräte schmolzen schnell zusammen, und eine Kuh zu schlachten verbot sich vorerst noch von selbst. Mit nur noch einer Kuh als Zugtier, wurde die Gefahr, liegen zu bleiben, größer. Mit dem Verlust eines Zugtieres wären sie dann gezwungen, einen Großteil ihrer Habe zurückzulassen. Es machte keinen Sinn, über ihre Chancen, die Berge zu erreichen, zu spekulieren. Sie mussten weiter, es gab keine Alternative. Und was morgen sein wird, darüber möchte sowieso keine von ihnen nachdenken.

Amanda hatte immer noch dieses Gefühl, dass sie von jemanden beobachtet wurden. Sie wollte die anderen aber nicht noch nervöser machen, als sie es ohnehin schon waren. Also schwieg sie, achtete aber intensiv auf die Umgebung.

Nkoma und Alicia Stone waren wieder außerhalb des Schiffes im Inneren des riesigen Hohlkörpers unterwegs. Es herrschte absolute Dunkelheit. Die Scheinwerfer des Raumkreuzers leuchteten die Umgebung aus und die Lichtstrahlen verloren sich in schierer Unendlichkeit. Mithilfe von ihren Handscheinwerfern konnten sich Alicia und Nkoma weitestgehend ungehindert zwischen den Reihen der Landekapseln bewegen.

Wenn sich inzwischen auch eine direkte Gefahr ausschließen lies, schlich sich doch ein seltsam bedrückendes Gefühl ein. Nicht verwunderlich. In einer Umgebung mit Hunderttausenden, vielleicht Millionen toter Kreaturen, die wahrscheinlich seit Hunderttausenden Jahren darauf warteten, wiederbelebt zu werden, nur um dann kurz darauf erneut zu sterben. Der Emigrationsflugkörper war in seiner Gesamtkonzeption und Ausgestaltung so simpel gehalten, dass man schon von daher nicht von einer realen Bedrohung ausgehen konnte.

Den riesigen Hohlraum vollständig zu erkunden, schloss sich von selber aus. Nkoma und Alicia begaben sich daher gezielt in die Region, in welcher man die Steuerungstriebwerke lokalisiert hatte. Alicia besah sich die offenliegenden Schalt- und Steuereinheiten für die Triebwerke.

»Das müsste eigentlich alles noch funktionieren. Einfachste Schalteinheiten aus reinem Gold und Porzellanisolatoren wie vor zweihundert Jahren.« Alicia sah Nkoma zuversichtlich an. »Wie trennen Antrieb und Schalteinheit voneinander und verbinden dann die Triebwerke mit einem von unseren Computern.«

»Damit können wir den Invasionsstern selber steuern«, freute sich Nkoma.

»Genau!«

Die zimmergroße, goldige Rechnereinheit gab seine wenigen Geheimnisse preis, als ihn KI-Techniker Carson eine Woche lang unter die Lupe genommen hatte.

»Das Ding hier steuert praktisch alle Vorgänge, Navigation, die Triebwerke und das Absetzen der Landekapseln … Tja … Genau das tut es«, schloss er. »Ich werde nun sofort damit beginnen, einen unserer Rechner zu programmieren und mit dem Ding hier zu verbinden. Dann können wir den Asteroiden auf Phobos oder Deimos niedergehen lassen. Das wird lustig.«

Es kam dann aber doch etwas anders

Über der Fabrik wurde eine erste Transporteinheit aus vierundzwanzig Felsstücken, vergleichbar mit der Größe Manhattans, miteinander verbunden. Dann brachte man den ersten Verbund auf die Reise zu Deimos. Eine Antriebseinheit brachte das Paket aus wolkenkratzergroßen Blöcken auf den Weg und löste sich dann wieder davon, um das nächste Bündel auf die Reise zu bringen.

In zirka fünf Monaten wird der Verbund dann sanft auf Deimos niedergehe – mehr oder weniger jedenfalls, hoffte man.

»Wir stehen kurz vor dem Durchbruch«, teilte Decker Rubin mit. »Willst du dabei anwesend sein?«

Rubin wollte.

»Aber sicher, ich bin schon unterwegs!«

Rubin lies alles stehen und liegen und beeilte sich, zur Digger-Plattform hinunterzufahren. Gespannt verfolgten die Anwesenden im Leitstand, wie die letzten Blöcke aus der Asteroidenschale herausgeschnitten wurden. Eine Rettungsaktion gehört ja nicht unbedingt zum täglichen Geschäft der Digger. Die Öffnung war geschaffen, und es dauerte eine gefühlte Ewigkeit, dann erschien der Raumkreuzer endlich in der Aufbruchstelle.

Als Erstes bat Alicia um Urlaub aus persönlichen Gründen. Sie wollte sich jetzt so schnell wie möglich mit Rubin treffen. Nicht nur wegen der langen Trennung. Raumfahrer sind durchaus an lange Trennungszeiten gewöhnt. Sie machte sich ziemliche Sorgen um ihre Halbschwester Maren. Alicia wollte nichts unversucht lassen, um nach einem Lebenszeichen von ihr zu suchen.

Alicia und Rubin gingen nach über einem Jahr der Trennung zögerlich aufeinander zu, umarmten sich aber dann stürmisch. Es war wie eine spontane Erlösung von all ihren ausgestandenen Sorgen und Ängsten.

»Geht's dir gut, Alicia?«

»Es geht mir gut, Schatz. Ich wünschte, ich könnte das auch von meiner Schwester sagen. Ich mache mir wirklich die allergrößten Sorgen um Maren. Entschuldige bitte, dass ich dir gleich und direkt mit meinen Sorgen ins Haus falle.«

»Ist schon okay. Ich verstehe das. Was können wir tun?«

»Können wir uns irgendwo in Ruhe unterhalten?«

»Ja doch. Wir können in den Hangar gehen und uns in meinem Raumgleiter zusammensetzen, wenn dir das recht ist.«

In Rubins Raumschiff angekommen, machten sie es sich in den Sesseln seiner Kabine bequem.

»Was kann ich tun, Alicia?«

»Ich muss irgendwie zur Erde, um nach meiner Schwester und den Kindern zu suchen.«

»Die Erde ist verloren, Alicia. Es gibt praktisch keine menschliche Zivilisation mehr auf dem Planeten. Die lange Zeit über, in der ihr in dem Asteroiden eingeschlossen wart, hat sich die Situation auf der Erde noch mehr verschlimmert. Weißt du!«

»Ich kann's mir denken. Ich kann aber trotzdem nicht glauben, dass ich Maren und die Kinder nie mehr wiedersehen werde.«

»Wo war sie denn zu Hause?«

»In Pajette, im Nordwesten.«

»Weißt du was, wir fliegen hin. Und falls wir sie nicht mehr zu Hause antreffen, schicken wir ein paar Drohnen aus. Vielleicht finden wir dann noch eine Spur von ihr.«

Mehr wollte Rubin nicht andeuten. Er spürte, dass Alicia die Sache auch so schon gewaltig belastete.

»Das würdest du tun!«

»Sicher, warum nicht. Warum sollten wir die Möglichkeiten, die uns zur Verfügung stehen nicht nutzen?«

Und schon blickte Alicia wieder voller Zuversicht nach vorne.

»Das ist super! Ich habe ein gutes Gefühl Rubin.«

»Na dann! Hier in der Fabrik gibt es für mich ohnehin nichts mehr zu tun. Wir können auch gleich starten«, sprach's und begab sich nach vorne ins Cockpit. »Hol deine Sachen an Bord, ich werde noch die Vorräte ergänzen lassen, und dann kann's schon losgehen. Äh … noch was. Hast du Fotos von Maren und den Kindern?«

»Ah … ja, schon. In meinem Kommunikator.«

»Dann ist es ja gut, die brauchen wir.«

»…?«

»Gesichtserkennung, für die Drohnen. Du weißt schon!«

»Ja klar. Natürlich.«

Von da an hatten sie mehr als genug Zeit zur Verfügung. Der Flug zur Erde würde einige Wochen in Anspruch nehmen. Die gewaltigen Entfernungen im Sonnensystem müssen nun mal so oder so überwunden werden.

Aus der Ferne erschien der Planet auf den Schirmen, wie man ihn seit jeher kennt. Paradiesisch schimmernd blau. Sobald man aber die Nachtgrenze überquert, fällt sofort das völlige Fehlen des Glitzerns der Städte und ihren Lebensadern dazwischen auf. Ein Anblick, der Wehmut erzeugt. Gerade so, als wäre ein Teil von sich selbst verloren gegangen. Alle Erinnerungen und Erfahrungen des

Lebens schienen sich gleichsam mit den Bildern dieser trostlosen Welt aufzulösen.

Rubin setzt den Raumgleiter nahe Pajette für einige Augenblicke auf. Zeitgleich öffnete er Schleuse 2 und 8, und schon schwirrten kaum handtellergroße, programmierte Drohnen wie aufgeregte Wespen nach draußen. Rubin hob wieder ab, um auf eine geostationäre Umlaufbahn zu gelangen. Die Drohnen schwärmen eigenständig über der trostlosen Stadt aus, um nach menschlichem Leben zu suchen. Alicia und Rubin blieb nun nicht mehr, als sich zurückzulehnen, die hereinkommenden Bilder zu betrachten und abzuwarten. Von Entspannung konnte aber zumindest bei Alicia keine Rede sein.

Hündchen knurrte verhalten warnend. Die Fremden kamen trotzdem noch zwei weitere Schritte näher. Hündchens Toleranzgrenze war damit unmittelbar überschritten. Der mutige Terriermischling bellte laut um Hilfe. Aufgeregt sprang er mal nach vorne, dann wieder zurück, um Judy mit seiner Nase anzustupsen. Hündchen sprang erneut auf die zwei dunklen Gestalten zu und war sich nicht ganz schlüssig, welche er davon mit seinem Bellen zuerst erschrecken sollte.

Der Schlag traf unvermittelt und Hündchens Bellen erstarb in einem kurzen, jammervollen Aufjaulen. Hündchen rührte sich nicht mehr. Es gab nur noch ein leises, verhaltenes Winseln von sich, bevor es verendete.

Inzwischen war auch die kleine Frauenkarawane mehr oder weniger wach geworden. Die beiden stinkenden Gestalten waren da schon am Wagen und rafften alles, was sie greifen konnten an sich.

Es war Shiela, die den ersten Schuss abfeuerte und damit einem der Typen das rechte Ohr entfernte, das sich sogleich hinter ihm in der Landschaft verteilte. Das hätte aber auch ins Auge gehen können. Die Gestalt schrie wütend auf und hätte sich wohl auf Shiela gestürzt, wenn nicht Muriel nun ebenfalls auf die Angreifer gefeuert hätte.

Noch vor zwei Jahren war der Mann vielleicht Koch oder Anwalt gewesen. Das aber zählte nun alles nicht mehr. Nach so langer Zeit irgendwo noch etwas Essbares zu finden, war so gut wie unmöglich. Nahrung heranzuschaffen war daher für die wenigen Überlebenden der Katastrophe der alles beherrschende Gedanke. Ebenso, wie nicht Zufallsbeute eines Pumas zu werden. Was aber die geringste Sorge sein sollte. Von den mächtigen Katzen dürften, wenn überhaupt, nur noch einige wenige Exemplare existieren. Die zwei Gestallten jedenfalls beeilten sich, in der Dunkelheit aus der Schusslinie zu kommen.

Für die Karawane der Frauen war der Verlust von Hündchen ein großes Unglück. Die Spürnase des Hundes wird ihnen von jetzt an fehlen und wird durch nichts mehr zu ersetzen sein. Alle trauerten um den mutigen kleinen Hund. Irgendwo zwischen verschlafen und halbwach waren nun auch die Kinder vom Wagen heruntergeklettert. Sie streichelten den leblosen Körper, weinten und schluchzten leise. Noch vor Sonnenaufgang würden sie Hündchen begraben. Auf der neuen Erde liegen Leben und Tod oft ganz nah beieinander und du musst es einfach aushalten.

Über den Bergkämmen ging die Sonne auf, so wie sie es schon immer getan hatte, und tat so, als ginge sie das, was sich unter ihrem Licht so alles abspielte, überhaupt nichts an. Obwohl sie von unzähligen Völkern, menschenerdachten Religionen und Imperien verehrt, angebetet oder gar zur Gottheit erhoben worden war. Nun ja, immerhin wärmten ihre Strahlen die durchgefrorenen Kinder auf dem Ochsenkarren. Ebenso wie auch ihre Mütter, die zwar das Ziel in den Bergen im Blick hatten, aber darüber hinaus keinen Plan, wie es dann weitergehen sollte.

Das kleine Häuflein Menschen kam nur langsam voran. Ein paar Stunden täglich, wenn es gut lief. Die beiden Kühe mussten ja auf den spärlich vorhandenen Grünflächen weiden um ihre Mägen zu füllen. Drei Meilen, vier vielleicht zogen die Kühe dann bereitwillig den

Wagen, viel mehr war nicht drin. Solange die Kühe am Grasen waren, zog die Gruppe in der Nähe des Wagens umher, um etwas Essbares zu suchen. Verwilderte Tomaten und ein paar Hände voll guter Kartoffeln, das war schon etwas.

Was werden soll, wenn der Winter Einzug hält, das mag sich im Moment noch niemand so richtig ausmalen. Die Frauen dachten jetzt immer öfter an ihre Männer, die von den Kämpfen gegen die Gefahren aus dem Untergrund nicht mehr zurückgekommen waren. Ganz langsam fanden nun auch verzweifelte Endzeitgedanken ihren Weg in die Köpfe.

Unter normalen Umständen würde sich Rubin für die Zeit der Suche nach Alicias Schwester zurücklehnen, während die intelligenten Drohnen ihren Job machen. Rubin würde vielleicht das eine oder andere historische Snookermatch auf dem Schirm verfolgen. Im Jahre 2072 sind Raumfahrzeuge innerhalb des Sonnensystems oft monatelang oder Jahre unterwegs. Da ist Ablenkung nötig. Snookermatches sind ausgeklügelte Strategiespiele zweier Spieler gegeneinander. Aber im Grunde spielt jeder Player gegen das Bild auf dem Tisch. Was im Grunde die wahre Herausforderung ist.

Alicias Unruhe übertrug sich natürlich auch auf Rubin. Also schaltete er seinen Screen auf die Bilder, die die Drohnen lieferten. Was sich da abbildete, war nur schwer zu ertragen. Die Oberfläche des Planeten wirkte wie umgepflügt. Ganze Wälder lagen kreuz und quer. Beschädigte und zerstörte Gebäude, so weit man blicken konnte. Die ungezügelte Vermehrung der Dreck fressenden Riesentermiten hat die Erde in ein einziges Katastrophengebiet verwandelt.

Rubin wollte die elenden Bilder gerade wieder ausblenden, als ihm eine intakte Struktur auffiel. Er beorderte die entsprechende Drohne in diese Richtung. Die verbliebenen Drohnen passten daraufhin ihre konzentrisch abgeflogenen Kreise an die veränderte Situation an. Was sich ihm dann auf dem Schirm offenbarte, war eine Art Dorf mit runden, kuppelartigen Gebäuden und verschlungenen Wegen und Straßen dazwischen. Und noch etwas war neu, eine gänzlich neue Art der Insektoiden. So um die zwei Meter groß, rothäutig und mit den bekannten hakenförmigen Vogelschnäbeln. Diese, vorerst letzte Evolutionsstufe der Aliens war nun ganz offensichtlich intelligent und gezielt handlungsfähig. Kein Vergleich mit den zombiegleichen Kreaturen aus den Landeeinheiten. Die liefen anfänglich richtungslos auseinander, bis sie umkippten und Hunderte von Maden aus ihren Körpern hervorbrachen.

74

Rubin setzte sich mit den Gremien der solaren Bergbauindustrie und den weiterverarbeitenden Industriewerken im innerplanetaren Raum in Verbindung. Er informierte seine Berufskollegen über seine neuesten Erkenntnisse. Industrievorstände, Gouverneurs und Ministerpräsidenten der autonomen Mondgebiete nahmen seit der Vernichtung der Lebensgrundlagen auf der Erde die Administration der verbliebenen Menschheit wahr.

Rubin, der ja selbst einen Sitz im Vorstand des Verbandes der Bergbauindustrie innehatte, widmete sich daraufhin wieder ihrem vorrangigen Problem, Alicias Familie zu lokalisieren.

Die Drohnen waren seit nunmehr 26 Stunden in der Luft und haben inzwischen ihren Radius um Pajette bis auf 45 Meilen ausgedehnt. Eine Drohne meldete die Entdeckung einer Gruppe Menschen. Eine Horde von Strauchdieben oder von verzweifelten Menschen oder irgendetwas dazwischen kam ins Bild. Die verwilderte Gruppe schien nicht nur einer Endzeitinszenierung entsprungen zu sein. Es waren die ersten Menschen überhaupt, die auf den Schirmen erschienen, und die hatten sich offensichtlich bis auf eine Art Steinzeitniveau zurückentwickelt. Vielleicht die letzten Amerikaner, wer weiß? Die johlende, hyperaktive Menge tanzte wie um das goldene Kalb um eine erlegte Milchkuh herum. Es wurden Fleischfetzen aus dem Tierkadaver herausgesäbelt. Weitere Urmenschentypen gesellten sich dazu und schon entwickelten sich größere Streitereien und Faustkämpfe um die besten Stücke der massakrierten Kuh.

»Rubin, Rubin!«, rief Alicia von ihrem Platz im Cockpit des Raumgleiters her.

»Ja, was?«, antwortete Rubin ohne den Blick von den dramatischen Schlachterszenen zu nehmen.

Die Zurückentwickelten fühlten sich unbeobachtet, sie hatten ohnehin kein Auge für ihre Umgebung. Fleisch und Nahrung, etwas anderes zählte für diese Menschen nicht mehr. Die Drohne in ihrer unmittelbaren Nähe nahmen sie dabei gar nicht wahr. Rubin wandte sich Alicia zu.

»Ja, was!«, wiederholt er.

»Da, auf dem Hauptschirm, da ist sie … Maren!«, rief Alicia aufgeregt mit ausgestrecktem Arm.

Rubin sah nun auch, wie mehrere Frauen und Kinder mit einem hölzernen Heuwagen aus der bäuerlich amerikanischen Frühzeit vor dem tobenden Mob das Weite suchten. Sie liefen neben dem Wagen und der vereinsamten Kuh her, die den Wagen jetzt nicht einmal mehr mit Schrittgeschwindigkeit zog.

»Wir gehen runter«, rief er und wendete sich den Armaturen und seinem separaten Schirm zu.

Zuvor hatte Rubin noch eine andere Situation beobachtet. In der Nähe der beiden verfeindeten Gruppen hielt sich eine einzelne, abgemagerte Frau mit einem Säugling im Arm auf. Sie suchte Anschluss bei den Gruppen, wurde aber immer wieder weggejagt, wobei sich besonders die Weiber hervortaten. Der Futterneid brutalisierte das Verhalten unter den Menschen. Keine der beiden Gruppen schien gewillt zu sein, die Frau in ihre Gruppe aufnehmen zu wollen.

»Der Raumgleiter wird voll sein, wenn wir alle deine Leute an Bord holen. Da werden wir alle etwas zusammenrücken müssen, denke ich. Bis wir unsere Monddependance erreichen werden, wird's wohl gehen«, redete Rubin in Gedanken wie zu sich selbst.

Alicia registrierte ohnehin nicht so genau, was Rubin da redete. Ihre Augen und Gedanken klebten förmlich am Bildschirm. Der Raumgleiter Firebird IV ging in der Nähe des alten Heuwagens nieder, keine halbe Meile vom fressenden Mob entfernt.

Alicia trat aus dem Schott heraus und winkte Maren zu. Sie machte auffordernde Handbewegungen, um Maren und die anderen dazu zu bewegen, zu ihr in den Raumgleiter zu kommen.

»Na los, los!«, rief sie.

Anfänglich schien es, als könnten sich die Frauen aus Pajette nicht entscheiden, ihren wertvollen Besitz zurückzulassen.

»Kommt jetzt!«, schrie Alicia. »In ein paar Minuten ist der Mob hier. Los, los!«

Die Frauen und Kinder waren kaum im Raumschiff, da tauchte hinter ihnen auch schon der wütende, brüllende Mob auf. Rubin hob mit halbem Schub ab. Die schwenkbaren Start- und Landedüsen wirbelten Dreck und Steine auf. Der tobende Mob machte auf den Absätzen kehrt und stob in alle Richtungen auseinander, nur um gleich darauf wieder umzudrehen und auf den verlassenen Landeplatz zuzulaufen. Rubin drehte eine elegante Runde und landete dieses Mal in der Nähe der abgemagerten Mutter mit dem Säugling. Ob es ihr eigenes Kind war, war in dem Moment nicht von Bedeutung. Das wird sich herausstellen, war sich Rubin sicher.

»Alicia, hol die beiden ins Schiff«, rief Rubin seiner Freundin zu. »Wir nehmen sie mit auf unsere Mondbasis. Kümmere dich bitte die beiden.«

Muriel und Judy gingen mit Alicia hinaus, um sie zu unterstützen. Die Halbverhungerte wog kaum noch etwas. Die Frauen, eben noch selbst in größter Bedrängnis, mussten Mutter und Kind in den Raumgleiter tragen. Aber sie schafften es, bevor der Mob erneut heranstürmte.

Wie sich später herausstellte, hatte die Frau ihr Neugeborenes unter dramatischen Umständen während der Geburt verloren. Während eine andere Frau bei der Geburt ihres Kindes ums Leben kam. So entstand unter unsäglichem Leid eine neue kleine Patchwork-Familie, ohne jede Chance auf Leben.

Beschleunigungsphase, Flug und die Reduktion auf Landegeschwindigkeit zur Mondzentrale von Zeptor Space Mining & Co. dauerte etwas mehr als achtzehn Stunden. Zum Glück hatten die Frauen im Heuwagen nach allem gegriffen und mitgenommen, was irgendwie und vermutlich noch wertvoll sein könnte. Essbares, Kleidung und die letzten noch verfügbaren Reste von Medikamenten. Das half immerhin die nächsten Stunden zu überstehen.

Rubin meldete ihre Ankunft bei der Parkplatzverwaltung des Außenpostens seiner Firma an. Die geretteten Frauen und Kinder wurden dem Gesundheitssystem der US-Mondgebiete übergeben. Da wurden sie dann auch registriert und eingebürgert.

Es war wohl eine Ironie des Schicksals, dass die Witwen und Kinder der gefallenen Kämpfer die einzigen überlebenden Menschen der Stadt Pajette waren. Nun müssen sie in den Sphären des Sonnensystems versuchen, sich zurechtzufinden, und Pläne für ihr weiteres Leben zum Überleben in fremde Hände legen, fürs Erste jedenfalls.

Maren zog es vor, mit ihren Söhnen Tom und Jerry ihrer Halbschwester Alicia zu folgen. Und obwohl Alicia faktisch immer noch der US-Raumabwehr angehörte, war ihre neue Heimatanschrift nun Zeptor Space Mining & Co. Mining Unit One.

Die Reste der Menschheit hatten sich nun endgültig zu einer Weltraumrasse entwickelt. Ein Ereignis, dass so nicht geplant war und unter normalen Umständen auch niemals so schnell vonstattengegangen wäre. Die Menschen waren in ihrer Historie schon immer großen Veränderungen durch unabwendbare Katastrophen ausgesetzt gewesen. Sie mussten sich immer wieder neuen Herausforderungen stellen. Und es wird auch dieses Mal nicht die letzte sein.

Es war einmal anno 2072

…als eine skurrile Alien-Rasse dabei war, die gesamte Erdkruste durchzukauen. Das heißt, diese gigantischen Termiten, oder was auch immer das für Viecher waren, fraßen nach Regenwurmart Dreck, Erde und alles, was sich sonst noch unter und über der Erdoberfläche befand. Was dann hinten wieder zum Vorschein kam, war nicht mehr identifizierbar. Der Planet war verloren.

27681 Menschen, einschließlich den von Alicia Stone und Rubin Zeptor geretteten Frauen und Kindern, befanden sich zu der Zeit außerhalb der Erde. Die meisten Menschen lebten und arbeiteten hauptsächlich auf dem Mond. Zumeist in den Milliarden Jahre alten, ausgebauten Magma-Kanälen unter der Mondoberfläche oder an den polaren Gebieten des Mondes. Hier herrschen in Senken und Kratern das ganze Mondjahr über relativ konstante 17 Grad Celsius. Ein weiterer Teil der neuen Menschheit lebte in den gigantischen Offshore-Fabriken, die zumeist Rohstoffe im Asteroidengürtel abbauten. Einige dieser Fabriken wurden im Laufe der Zeit zu regelrechten Weltraumstädten ausgebaut. Städte, die sich in stabilen Umlaufbahnen um die Sonne, um den Mars oder um die Erde befanden.

Versuche, die Erde wieder unter menschliche Kontrolle zu bringen, war unter den damaligen gegebenen Umständen mehr als illusorisch. Schon nach wenigen Jahren war die Erde kaum noch wiederzuerkennen. Flüsse suchten sich neue Wege, Küstenlinien veränderten sich permanent. Es gab auch schon erste Anzeichen dafür, dass sich die Meere mit dem Land vermischten.

Weder Steinplanet oder Wasserwelt, die neue Erde wurde zu etwas nie Dagewesenem, ein Matschplanet.

2. TEIL

3112

Die Stadt Eosis nimmt unter den Städten der habitablen Zone des Sonnensystems eine Sonderstellung ein. Die Kernstadt befindet sich in einem hohlen Asteroiden. Kaum einer der Einwohner weiß noch, dass man sich im Inneren des Gesteins-Asteroiden befand, aus dem heraus vor tausend Jahren ekelige Invasoren die Erde überfallen hatten. Die Landefähren der Aliens, die sich damals noch darin befunden hatten, hatte man ausgeschleust und mit Ziel Zentralgestirn auf die Reise geschickt. Im Jahre 2136 begann man dann mit dem Ausbau des Hohlkörpers um Wohn- und Arbeitsmöglichkeiten für die wachsende Bevölkerung zu schaffen. Der hohle Himmelskörper dreht sich mit gleichmäßiger Rotation um die eigene Achse, was eine natürliche Schwerkraft durch simple Fliehkraft erzeugt. Wenn die Bewohner in den Himmel schauen, sehen sie bei gutem Wetter Städte, Felder und Wälder auf den gegenüberliegenden Flächen.

Das Jahrtausendprojekt »Terraforming Mars« war im Jahre 3112 in eine entscheidende Phase getreten. Die beiden Marsmonde Phobos und Deimos waren unter den angelandeten und ausgeschlachteten Asteroidenresten und großen Mengen Abraum aus dem Asteroidengürtel zu enormer Größe angewachsen. Die Schwerkraft der beiden Marsmonde war über die Jahrhunderte kontinuierlich angewachsen. Die doppelseitig einwirkenden Kräfte wirkten inzwischen auf die atomaren Strukturen des Planetenkerns ein. Schwingungen und Reibung der Atome erzeugten vermehrt Hitze. Der Mars-Kern heizte sich bis zur Verflüssigung auf und setzte sich konvektiv in Bewegung. Der planetare Dynamo begann, stabile elektromagnetische Feldlinien zu entwickeln. Der Strahlenschutz begann zu wirken.

Vor zweihundert Jahren hatte man schon damit begonnen, wasserhaltige Kometen und Asteroiden aus den äußeren Regionen des solaren Systems und den Rändern des Kuipergürtels in Richtung Mars auf Kurs zu bringen. Die dann beim Eintritt in die dünne Marsatmosphäre verdampften und so das lebenswichtige Wasser in den Handlungsbereich der neuen Menschheit brachte.

Sean Cantor, einem Ururenkel von Alicia Stone und Rubin Zeptor, kam unvermittelt ein erstaunlicher Augenblick seiner Kindheit in den Sinn. Er war wohl fünf oder sechs Jahre alt, als er zu Hause auf der Info-Wand Bilder des Planeten Mars sah. Eine Kommentatorin redete wie nebenbei davon, wie man sich die künftige Besiedlung des Planeten vorstellte. Dazu wurden Bilder gezeigt, wie man sich die ersten Städte im Bereich des großen Canyons Valles Marineris vorzustellen hatte. Ungeheuerlich. Das musste der Kleine dem Papa unbedingt erzählen:

»Papa! Da war gerade eine Frau auf der Info-Wand. Die redete davon, dass bald Menschen auf dem Mars leben werden. Das geht doch gar nicht! Wie kann jemand außerhalb der Städte leben?«

Papa nickte, machte »Hm ...?« und sagte dann zu seinem Sohn die erstaunlichen Worte: »Es gab einmal eine Zeit, da lebten alle Menschen draußen, außerhalb, auf der Erde.«

So richtig befriedigend war Papas Antwort für den kleinen Sean nicht. Im Gegenteil. Jedermann wusste doch, dass man die Stadt ohne Schutzanzug nicht verlassen darf. Und auf den Bildern liefen die Leute einfach so auf der Oberfläche herum. Nichts als nichts über sich. Für den kleinen Sean war das die erste große Verwirrung seines Leben. Alles, was das Kind dachte zu wissen, wurde plötzlich auf den Kopf gestellt.

Dreißig Jahre später, 3112, im Vorstandsbüro der ZeptorCantor Industries INC., kam Sean Cantor diese längst vergessene Episode aus seiner Kindheit in den Sinn. Er schüttelte belustigt den Kopf. Noch immer waren die beiden Marsmonde die Abraumhalden der solaren Bergbauindustrien. Das hatte bis in die heutigen Zeiten hinein Auswirkungen auf den Raumflugverkehr über dem Mars. Der ankommende Abraum aller Art kreuzte die regulären Flugschneisen. Die Bahnen des frei fallenden Gesteins mussten daher permanent unter Beobachtung gehalten werden. Ebenso wie die ankommenden Kometen, die auch weiterhin noch in der Marsatmosphäre zerplatzten, um einen stabilen Wasserhaushalt auf dem Mars zu erzeugen.

Die Besiedlung des Planeten dürfte nun nicht mehr allzu fern sein. Die Zeptors der ersten Generation hatten sich damals einige Areale auf der Oberfläche und in den Tiefen des Canyons Valles Marineris gesichert. Sean Cantor wird nun erstmals mit einem Team die Ländereien aufsuchen, um sich selbst ein Bild von den anstehenden Investitionen zu machen. Er hoffte zu erfahren, warum sich Rubin Zeptor damals gerade für diese Areale entschieden hatte. Dabei lag die Antwort eigentlich auf der Hand.

Der Raumgleiter landete direkt am Rand des Canyons. Es ist der größte Canyon im Sonnensystem, dessen gegenüberliegende Abbruchkante war mit bloßem Auge nicht zu erkennen. Sean blickte auf die Außenanzeigen. Der atmosphärische Druck hatte sich zwar schon etwas erhöht. Aber ohne Druckanzüge kann man das Raumschiff immer noch nicht verlassen. Da wird wohl noch einige Zeit vergehen.

»Wir gehen runter zum Grund des Canyons«, rief Sean der Pilotin Kiko am Steuerpult zu.

Unten angekommen waren die Luftdruckwerte schon deutlich höher. Wenn jetzt auch noch genügend Sauerstoff zum Atmen vorhanden wäre, könnte man das Raumschiff für kurze Zeit schon ohne Druckanzüge verlassen. Wenn, ja wenn!

Kiko folgte dem Verlauf des Canyons. Es hatten sich über die gesamte Länge von über 4500 Kilometer hin bereits einige flache Gewässer gebildet. Sean sprach mit seinen Prospektoren:

»Ich denke, wir haben genug gesehen. Ich werde mit den Leuten der Entwicklungsgesellschaft Mars vor Live reden. Am Grunde des Canyons wird man fürs Erste eine Reihe von Dämmen anlegen müssen. Dann werden wir wohl bei Adam und Eva beginnen, fürchte ich. Das heißt, als Erstes wird man Stromatolithen ansiedeln, um die Sauerstoffproduktion überhaupt in Gang zu bringen. Später auch Flechten und Moose. Rückflug, Kiko!«

Sun City befindet sich innerhalb einer mehrteilig gestaffelten, kugelförmigen Schale aus Sonnenkollektoren. Die Stadt dreht sich seit ihrer Entstehung gleichmäßig um die eigene Achse, so wie die meisten anderen Städte im Sonnensystem auch.

Die Konjunktion Sun City Mars stand gerade günstig, daher war es nur ein vergleichsweise kurzer Trip zum Mars gewesen. Da war es Sean nicht schwergefallen, einen Abstecher zu den eigenen Liegenschaften hin zu unternehmen. Jedenfalls konnte Sean jetzt mit eigenen Anschauungen bei der anstehenden Marskonferenz aufwarten.

Kiko flog einen eleganten Sinusbogen durch die Einflugschneise im oberen Polbereich von Sun City und steuerte das Raumschiff behutsam auf das firmeneigene Parkfeld. Als Sean und die Crew durch die Luftschleuse aus der Gangway traten, ahnte noch keiner von ihnen, was sie erwarten würde. Sean sagte »Ja-was«, sein persönlicher Aktivierungscode für seinen Kommunikator am Handgelenk.

»Ein Gespräch von Roman Sachs«, meldete der Kommunikator mit angenehmer weiblicher Stimme.

»Verbinden.«

Der Kommunikator stellte die Verbindung mit Roman her.

»Sean, wir haben einen Mord«, eröffnete Roman Sachs ohne Floskeln und Umschweife.

»Ich grüße dich auch, Roman«, sprach Sean frei in den Raum. Natürlich war ihm der angespannte Unterton in Romans Stimme nicht entgangen.

»Entschuldige, Sean. Du solltest herkommen und dir das ansehen.«

»Okay! Ich komme, ich sehe es mir an, Roman.«

Da muss irgendetwas Außergewöhnliches vorgefallen sein. Roman bringt doch sonst kaum mal was aus der Ruhe, dachte Sean.

Die stählernen Katakomben

Sean ging also gleich und ohne Umschweife in die Firmenzentrale, wo Roman schon sichtlich nervös auf ihn wartete. Vier Leute des bewaffneten Sicherheitspersonals waren ebenfalls anwesend. Sean begrüßte die Anwesenden mit einem kurzen Kopfnicken.

»Also, was ist eigentlich los, Roman?«, fragte Sean kurz angebunden.

»Wir müssen runter.«

»Okay.«

»Ich meine damit runter in die alte Mining Unit One. Nimm deine Waffe mit.«

Dieses Anliegen war jetzt allerdings doch ungewöhnlich.

»Die Mining Unit«, wiederholte Sean gedehnt. »Da ist doch nichts.«

»Sieh es dir einfach an, Sean.«

Die alte Bergbaufabrik aus den Anfängen, als die Vorfahren damit begonnen hatten, Rohstoffe aus dem Asteroidengürtel zu gewinnen. Das war heute nichts weiter als eine große Ansammlung miteinander verschweißten Altmetalls, um das herum die Stadt Sun City gebaut worden war. Und die in ihrer Ausdehnung immer noch weiter wuchs.

Die Gruppe stieg über längst vergessene Übergänge in die stählernen Katakomben hinab. Hier im Dreh- und Angelpunkt der Stadt, im Zentrum des Drehimpulses von Sun City gab es keine wirkungsvolle Schwerkraft mehr. Man musste sich mit den bewährten alten, magnetisierten Stiefeln behelfen. Aber man kam damit immerhin ganz gut voran. Keine Beleuchtung, keine Sauerstoffversorgung aber Reste eines Atemluftgemisches und überall Müll und Unrat, der an den nach außen liegenden Wänden klebte. Seit Unzeiten hatte kein Mensch mehr den Drang verspürt, in diesen Metallklumpen hinabzusteigen. Nun war Sean doch leicht interessiert, was Roman so aus der Fassung gebracht haben könnte.

»Wir sind gleich da«, rief Roman und deutete nach links vorn, wo schon mehrere Sicherheitsleute warteten.

Sie betraten einen Raum, der früher einmal ein Wohnraum oder Labor gewesen sein mochte. Die Szenerie hatte etwas Skurriles, wie ein Gemälde von Escher. Was war oben, was war unten? Die sehr geringe Fliehkraft hier im Mittelpunkt der Stadt hielt ein Sammelsurium von völlig blanken menschlichen Knochen an der rechten Wand, verstreut und ziemlich durcheinandergewürfelt.

Sean wandte sich fragend zu Roman hin. »Wo ist die versteckte Kamera?« Ihm war klar, dass diese Frage eigentlich nicht hierher passte.

»Wir haben das Bild von den Knochen und dem Schädel von einem Computer zusammensetzen und zählen lassen. Es ist ein vollständiges Skelett. Es gehörte Sylvia Tura. Das haben wir anhand der verstreuten blutigen Kleidungsstücken und persönlichen Gegenständen herausgefunden. Die achtundzwanzigjährige Sylvia Tura ist von ihren Eltern vor zwölf Tagen als vermisst gemeldet worden. Sie hatte sich zuvor tagelang nicht mehr bei ihnen gemeldet. Weil die Suche nach ihr aber ergebnislos blieb, hatte man den Radius bis in die stählernen Katakomben ausgedehnt und dann das hier gefunden.«

Sean nahm einen Oberschenkelknochen in die Hand, drehte ihn vor seinem Visier hin und her.

»Die Oberflächen der Knochen sind seltsam rau, wie grob abgeschmirgelt. Wir haben nicht die geringste Vorstellung, wie das zu erklären ist«, führte Roman Sachs weiter aus. »Allerdings hat das Labor an den Knochenoberflächen winzige Schrammen festgestellt, die an Tierbisse erinnern. Als hätten süße, kleine Kaninchen an den Knochen genagt.«

»Wir wissen also nichts«, stellte Sean fest. »Dann empfehle ich, Mining Unit so lange zu durchsuchen, bis wir wissen, wer oder was sich hier unten herumtreibt.«

»Da sind wir längst dabei, bisher jedoch ergebnislos.«

»Gut. Dann sollen die Leute weitermachen und jeden Winkel durchkämmen.« Sean schien einen Augenblick lang nachzudenken. »Der alle zehn Jahre stattfindende Earth Report steht an. Sun City ist dieses Mal der Ort des Treffens«, fuhr er fort. »Du machst hier weiter, und ich muss mich um die ankommenden Vorstände, Direktoren und Senatoren kümmern. Viel Erfolg, Roman.«

Die beiden verabschiedeten sich kurz voneinander und Sean eilte nach oben.

Der Earth Report

… ist keine wirklich wichtige Zusammenkunft der maßgeblichen Führungspersönlichkeiten des Sonnensystems. Es ist eine reine Informationsveranstaltung über den aktuellen Zustand des Planeten Erde. Im Grunde ist es ein Treffen, wie es schon tausend Jahre zuvor Bilderberg und Davos war. Man trifft sich, man kennt sich, man lotet Geschäftsmöglichkeiten aus. Aber im Grunde ist es ein gesellschaftliches Ereignis mit gemeinsamen Dinieren und Unterhaltungsprogramm. Persönliche Freundschaften und Feindschaften werden gepflegt, und nicht selten werden an diesen Tagen Ehen angebahnt. Der Präsident des Sakura Research Institute, Akio Sakura, las die aktuellen Erkenntnisse und News vom Blatt. Unterstützt durch Bilder und Tabellen:

»Bekanntermaßen hat die gefräßige Termitenart die Erdkruste des Planeten weitestgehend mit Gängen und Bruthöhlen durchlöchert. Die fremde Art entwickelte sich schnell zur erfolgreichsten Lebensform, die die Erde je gesehen hatte. Wir wissen heute, dass die fremden Lebewesen wahrscheinlich von einer sehr trockenen Welt mit einer außerordentlich lebensfeindlichen Umwelt herstammen müssen. Mit den geradezu paradiesischen Umweltbedingungen der Erde kam die Art aber auf Dauer nicht zurecht. Die exzellenten Lebensvoraussetzungen führten zu einer explosionsartigen Vermehrung der Zwischenarten und gipfelte in deren alleinigen Dominanz. Was aber am Ende dazu geführt hat, dass die biologische Masse des Planten und die jeweiligen Massen der Erdschichten und der Meere zu einem einzigen tief gelagerten, breiartigen Gemenge wurde. Die Termitenart fand alsbald kein festes Land mehr vor. Ohne ihre Tunnelsysteme im halbflüssigen Matsch starb die Zwischenform komplett aus. Es fanden keine Metamorphosen mehr statt und somit verendete auch die meisten der finalen Art der roten Insektoiden. Die Begriffe von Matsch und Wasser waren den Fremden wohl nicht geläufig. Den Viechern fehlte einfach die Weitsicht, das berühmte: »Was geschieht, wenn«. Die Weltmeere haben den Eindringlingen letztlich den Garaus gemacht. Nun ragen nur noch die harten felsigen Gebirgsspitzen aus dem allgemeinen Matsch heraus. Es wird sicher noch einige Jahrtausende dauern, bis dass sich Wasser und Land wieder vollständig voneinander trennen werden. Die Besiedlung mit neuen Pflanzen- und Tierarten wird noch ungleich länger dauern. Von einer menschlichen Wiederbesiedlung kann auf unabsehbare Zeit keine Rede sein. Ich bedanke mich für ihre Aufmerksamkeit.«

Akio Sakura schloss seine Rede vor einem Publikum,

das sich mehrheitlich für alles andere als für den Zustand der Erde interessierte.

Um es kurz zu machen: Alle Versuche, irgendetwas, das vollständig abgenagte Knochen zurücklässt, in den stählernen Katakomben zu finden, schlugen fehl. Details sickerten bei der Bevölkerung durch und sorgten für Verunsicherung und Verschwörungstheorien unter den Bürgern. Der Vorfall entwickelte sich allmählich zum Mysterium.

Die breit angelegte, ringförmige Struktur der Stadt Sun City hatte einen inneren Durchmesser von rund zweieinhalb Kilometer. Darüber, nach außen hin, baute die Stadt auf. Mit dem alten Stahlgiganten Mining Unit One, war sie mit stählernen Felgen starr verbunden, was dem ganzen System Stabilität verlieh.

Das mit den Ermittlungen beauftragte forensische Team fand krallenartige Fußabdrücke in den Jahrhunderte Jahre alten Ablagerungen an Wänden und Böden, aber auch blutige Schleifspuren von Sylvia Tura. Die Fußabdrücke ließen sich schnell einem Insektoiden zuordnen. Man kam zu dem Schluss, dass mindestens eines der Insektenwesen von der Erde als blinder Passagier nach Sun City gelangt ist.

Sylvia Tura spielte Geige und war nach einer Konzertprobe nicht mehr gesehen worden. Man kann also mit Sicherheit annehmen, dass die junge Frau in die Katakomben verschleppt und aufgefressen worden war. Nun musste nur noch die insektenähnliche Kreatur aufgespürt und unschädlich gemacht werden. Doch bevor es dazu kommen konnte, wurde bereits ein weiterer Stadtbewohner vermisst.

Elan Mans machte von sich zu Hause aus das Radionachtprogramm »Sun City Night«. Musikalische Unterhaltung und Nachrichten für alle, die unter Schlaflosigkeit leiden. Als dann plötzlich die Sendung verstummte, wurde man auf das Verschwinden des Radiomanns aufmerksam. Die Nachbarn wurden befragt, und eine weitere Schlaflose konnte berichten, dass sie etwas Rotschimmerndes gesehen hatte.

»Wie sah denn das Rotschimmernde aus?«

»Das Etwas huschte so schnell vorbei, dass ich nichts Konkretes erkennen konnte.«

»Also nichts, nur rot!«

»Genau!«

Ellen Aix vom Sicherheitsdienst nickte und wiederholte »rot«, indem sie in die Richtung sah, in der die Einwohnerin das schnelle Rot gesehen haben will. »Danke. Wenn es wieder etwas Rotes zu sehen gibt, dann …« Ellen reichte der Frau ihre Karte, drehte sich um und ging in die angegebene Richtung davon. Sie stoppte direkt vor einem Zugang zu den Service-Kanälen zwischen den unterschiedlichen Ebenen der Stadt. Die Türe war von innen aufgebrochen worden. Das war ziemlich offensichtlich. Ellen rief die Zentrale an. Der anfängliche Optimismus, schnelle Resultate zu erzielen, schwand aber von Tag zu Tag. Mehrere Gruppen Bewaffneter durchforsteten jeden Winkel der Stadt und der alten Mining Unit.

»Nichts, es ist uns unerklärlich, wo sich das verdammte Vieh so lange verstecken kann«, meldete Ellen Aix den Stadtoberen.

Die nahmen keinen Anstoß an der Ausdrucksweise der Obristin des polizeilichen Sicherheitsdienstes.

»Binden Sie die Bevölkerung mit ein. Die Leute sollen jede verdächtige Beobachtung melden, egal worum es sich auch handeln mag«, riet Bürgermeister Stanton der Offizierin.

Die führte die Fingerspitzen der rechten Hand an die Schläfe und trat ab.

Inzwischen hatte man auch Elan Mans Knochen gefunden, wieder unten in den stählernen Katakomben, wie die Mining Unit One von der Bevölkerung unangebracht genannt wurde. Mit den Knochenfunden machte die Bezeichnung inzwischen jedenfalls Sinn, dachte Ellen Aix.

Nach dem Aufruf kam tags darauf eine junge Frau in eine Dienststelle und erklärte einem Beamten, dass sie ihre Eltern seit vorgestern nicht mehr mit dem Kommunikator erreichen konnte. Sie hatte sich Sorgen gemacht und ist zu deren Wohnung gefahren. Als sie die Türe geöffnet hatte, schlug ihr ein seltsam beißender Geruch entgegen und sie vernahm ein Geräusch, ein leises Fauchen. Ihr stellten sich die Haare auf. Sie schlug die Türe zu und war sofort hergekommen.

Der Beamte aktivierte den Kommunikator und gleichzeitig fragte er nach der Adresse. Schon Minuten später waren die ersten Sicherheitsleute vor Ort. Ellen Aix schickte ihre Leute hinein, nachdem auf den Türgong hin niemand geöffnet hatte. Drinnen war es dunkel, weil alle Jalousien heruntergelassen waren. Ellen folgte den Sicherheitsleuten auf den Fuß. Außer dem beißenden Gestank gab es nichts Auffälliges, bis einer der Leute mit seiner Handlampe in die Vorratskammer leuchtete. Da hingen zwei Kokons an seidenen Fäden.

»Ich denke, wir haben sie«, rief der Mann nach hinten.

Ellen blickte ihm über die Schulter.

»In der Vorratskammer, wo sonst«, sagte sie und nickte ergeben. »Wir müssen diese verdammte Kreatur schnellstens unschädlich machen.«

Der Rettungsdienst trennte die beiden Kokons von der Decke.

»Manche Insekten, speziell Spinnentiere, betäuben ihre Opfer und halten sie noch einige Zeit lang am Leben. Wir haben also unter Umständen noch Aussicht, das Leben des Ehepaars zu retten«, redete der Notarzt munter auf Ellen ein.

Ellen Aix nickte und machte sich so ihre Gedanken ob der ärztlichen Qualität des Mannes.

sEllen fuhr zurück in die Zentrale. Da liefen alle Strippen zusammen und hier konnte sie eh nichts mehr bewirken. Sie musste sich einen Überblick verschaffen. Ellen nahm sich alle verfügbaren Konstruktions- und Baupläne von Sun City und von Unit One vor. Sie machte es sich bequem und begab sich auf eine virtuelle Reise ins Innere des Menschen gemachten Sterns. Ellen suchte nach verschollenen und längst vergessenen Gängen und Kammern, von denen es offenbar gar nicht so wenige gab. Später konnte sie sich nicht mehr daran erinnern, wie sie übergangslos in den Schlaf gefallen war.

»Chef … Hallo Chefin!«

Ellen blinzelte.

»Waren sie die ganze Nacht über im Büro?«

»Ich, äh … ich denke schon.« Ellen rieb sich die Augen. »Holen sie mir Kaffee, Cinquita, und rufen sie die Kollegen zusammen.«

Während Ellen eingenickt war, hatte ihr Gehirn weitergearbeitet und eins uns eins zusammengezählt, das heißt die Fakten zu einem Ganzen zusammengefügt. Ellen wurde schlagartig klar, wo man nach dem roten Monster suchen musste. In der Unit One befinden sich zwei gewaltige Bunker, die zur Verwahrung von unterschiedlichem Abraum genutzt worden waren. Der Abraum und Schutt enthielt oft noch große Mengen wertvoller Minerale, die sich nicht direkt vor Ort herauslösen ließen. Als die Polizisten vollständig versammelt waren, redete Ellen nicht viel drum herum:

»Wir nehmen uns die Bunker vor. Das Vieh ist wahrscheinlich schon voll mit entwickelten Maden, die schon bald aus ihm hervorbrechen werden. Und die benötigen lose Erden, um sich eingraben zu können. Dann durchläuft das Madenzeug mehrere Metamorphosen.«

Und genau so war es auch. Ein Roboter fand die leere Hülle des Insektoiden, der nun gar nicht mehr so schillernd rot war und Hunderte kleine Öffnungen aufwies, woraus ein ekelhafter Gestank entströmte. Ellen rief Bürgermeister Stanton an und erklärte ihm die Fakten:

»Ich empfehle die Schleusen der Bunker zu öffnen oder aufzuschweißen und den gesamten Abraum mitsamt der teuflischen Brut auszuschleusen und mit dem Ziel Hölle auf die Reise zu schicken.«

Bürgermeister Stanton machte »Hm … hm. Okay! Danke Ellen. Ich werde alles veranlassen«, und klickte sich aus dem Gespräch.

Ein Jahr später

Sean Cantor, Ur-ur-und-so-weiter-Enkel von Alicia Stone und Rubin Zeptor, hatte eine Entscheidung getroffen. In dem großen Canyon wird oberhalb der zu erwartenden Wasserlinie des Valles Marineris eine erste Station gebaut. Das zukünftige Leben wird sich dann vom Canyon aus über die Abbruchkante hinaus und über die Oberfläche hin ausbreiten. Am Grunde des Canyons wird sich nach und nach ein bis zu 1500 Kilometer langes Meer bilden. Dann wird der Canyon erstmals seit Hunderten Millionen Jahren seinen Namen wieder zu recht tragen: »Täler der Mariner«.

Das Bergbaubusiness aus den Anfängen zu Rubin Zeptors Zeiten war im Jahr 3112 längst nicht mehr so glorreich wie eben in jenen Jahren. Im Gegensatz zu damals schickten sich keine Milliardäre und Helden mehr an, das Universum zu erobern. Gesteins-Asteroiden auseinanderzunehmen und im Dreck zu wühlen hatte sich unmerklich zu einem ganz gewöhnlichen Broterwerb herabgewürdigt.

Immer und irgendwann muss man nach neuen Geschäftsfeldern suchen. Sean wird in eine Produktionsstätte mit Bioreaktoren investieren, um die wachsende

Marsbevölkerung mit Gemüse und Fleisch zu versorgen. Das wird zwar nicht aussehen wie Gemüse und Fleisch. Aber die Menschen sind ja seit Generationen an Obst und Gemüse gewöhnt, das wie Obst und Gemüse schmeckt, aber in Blöcken aus der Masse von Reaktoren herausgeschnitten wird. Wahrscheinlich würde die neue intersolare Menschheit auf Äpfel, Birnen und Hüftsteaks eher zurückhaltend reagieren und die Teller erst einmal zurückweisen.

Es ist halt immer, wie's ist, und Sean hat sich inzwischen an den Gedanken gewöhnt, vielleicht irgendwann einmal auf einem Planeten zu wandeln, mit dem Gedanken an das absolute, kalte Nichts oberhalb der dünnen Schicht Atmosphäre über sich. Was dann wiederum einmal mehr gewöhnungsbedürftig sein wird, für den intersolaren Menschen.

Anhang und Nachgedanken

Es war einmal

1 In den 60er und 70er Jahren des vergangenen Jahrhunderts brandete eine nicht zu bremsende Zukunftseuphorie auf. Nach den düsteren Jahren des Zweiten Weltkriegs, der immerhin ungeahnte technologische Fortschritte mit sich brachte, verstiegen sich ganz normale Journalisten zu den tollsten Zukunftsvisionen. So konnte ich z.B. schon in den 70ern in dem Wochenmagazin STERN lesen, dass wir noch vor der Jahrtausendwende auf dem Mond siedeln werden. Ebenso noch vor Ende des Jahrtausends auf dem Mars. Und natürlich werden bis dahin Krebs und andere bösartigen Erkrankungen Geschichte sein.

General Motors fuhr damals in den 60ern mit fahrbaren Prototypen auf. Autos, die eher Jagdbombern oder Raketenflugzeugen glichen als den üblichen Straßenkreuzern jener Zeit. Sie trugen die Bezeichnungen Firebird I, Firebird II und Firebird III. Firebird III als letzter dieser Reihe schien mit fünf Flügeln und einem Jet-Triebwerk einem Comic entsprungen zu sein. Die Abgase des Wagens waren so heiß, dass man sie nach oben abführen musste. Befände sich der Auspuff wie üblich hinten am Fahrzeug, würden die heißen Gase einer netten Lady, die eben mal hinten vorbeilief, das Fleisch von den Knochen brennen. Der GM Konkurrent Chrysler dacht gar daran, Autos in Zukunft mit Atomantrieb auf die Räder zu stellen.

Daher fand ich, für Rubin Zeptors Raumgleiter sei wohl Firebird IV eine würdige Bezeichnung.

Oumuamua

2 Oumuamua, heißt auf Hawaiianisch so viel wie: »Besucher aus längst vergangener Zeit«. Der mutmaßliche Gesteins-Asteroid aus den unbekannten Tiefen der einheimischen Galaxis fiel durch das Sonnensystem in Richtung Sonne. Einreise ins solare System am 19.10.2017. Im Swing-by-Verfahren änderte das Objekt seine Fallrichtung, als es nahe der Sonne deren inneres Schwerefeld passierte. Umgelenkt mit dem Ziel, nach endlosem Fall in ein anderes Sonnensystem einzutauchen, es zu passieren oder zu erkunden. Oder um zur Besiedlung geeignete Planeten ausfindig zu machen. Wer weiß?

Oumuamua soll die Größe des Empire State Building gehabt haben. Ein Zylinderförmiges Objekt im Verhältnis 6:1. Das Objekt taumelte, oder besser gesagt, drehte über seine Längsachse, was völlig kostenfrei in den beiden Enden des »Asteroiden« eine künstliche Schwerkraft erzeugt. Ideal eigentlich.

Die Möglichkeit, dass Oumuamua ein zylinderförmiges Raumfahrzeug mit Gesteins-Ummantelung war, lässt sich nicht so einfach von der Hand weißen. Ist eine geeignet dicke Gesteinsschicht doch in der Lage, der harten Strahlenbelastung im freien Raum entgegenzuwirken. Also ein optimales Raumfahrzeug für eine Millionen Jahre andauernde interstellare Reise.

Da wäre noch ein Gedanke zu diesem Thema. Die Anziehungskraft der Sonne reicht bis weit in den noch weitestgehend unerforschten Kuipergürtel und wahrscheinlich noch darüber hinaus. Möglicherweise bis hin zu den Kraftfeldern der Nachbarsonnen. Da ist es durchaus denkbar, dass Objekte, die in den äußersten Regionen eines Sterns ihre Bahnen ziehen, vielleicht gerne Mal das System wechseln. Wenn sich also Sonne und die schweren Gasriesen auf demselben Längengrad in Konjunktion befinden (ein seltenes Ereignis), könnten die kombinierten Anziehungskräfte ein Objekt eines anderen Sonnensystems dazu verleiten, mal eben den stärkeren Kräften nachzugeben, um sich in ein anderes Sonnensystem hineinzukuscheln. Sehr anschaulich, gell!

Ein letztes Wort

3 Ein gewaltiger Kometeneinschlag oder eine Alien-Invasion ist keinesfalls notwendig. Der Mensch ist clever genug, das aktuelle sechste Massenaussterben eigenständig voranzutreiben.

Bereits mit der ersten Ölkrise vor 50 Jahren, musste allen intelligenten Erdbewohnern klar sein, dass unsere Lebensweise in eine finale Katastrophe münden wird. Im kleinen Maßstab war dies ja schon Hunderte Mal zuvor geschehen. Allerdings jedes Mal regional begrenzt. Doch in der jetzigen Situation hat keine Bevölkerung mehr die Möglichkeit, in unerschlossene Gebiete oder menschenfreie Länder oder Kontinente umzusiedeln. Jungfräuliches, menschenleeres Land gibt es nirgendwo mehr.

Es ist geradezu süß, wie Politiker und gesellschaftlich maßgebliche Personen seit Jahrzehnten Zahlen vorgeben. Auf 1.5 Grad, auf 2 Grad, bis da und dahin wollen wir die Erderwärmung begrenzen. Als hätten wir es tatsächlich in der Hand. Aber der Point of no Return ist ja schon längst überschritten. Selbst wenn wir von nun an nur noch zu Fuß gehen und Rosenduft anstatt Methan pupsen, geht der eingeleitete Prozess weiter. Vielleicht etwas langsamer, aber unaufhaltsam eben.

Ich bin alt genug, um die sichtbaren Veränderungen aufzuzeigen. Als ich 1968 mit einem VW Käfer mein automobiles Leben begann (jedes dritte Auto war damals auf deutschen Straßen ein VW), war nach jeder Tagesfahrt die Windschutzscheibe mit Hunderten von Insektenleichen übersät und kaum noch durchsichtig. Da kam der Scheibenwischer noch permanent zum Einsatz. Heutzutage gibt's dieses »Problem« nicht mehr. Die Frontscheibe bleibt im Sommer oft wochenlang insektenfrei. Vögel und ihre Brut verhungern. Schwalben habe ich schon lange keine mehr gesehen. Die fangen ihr Futter praktisch im Fluge.

Aber neue Technik verschärft die Futterknappheit noch weiter. Über Hunderttausenden von privaten Wiesengrundstücken rattern kleine Mähroboter, die den schicken Rasen auf zwei Zentimeter english style halten. Und ganz nebenbei häckseln die Dinger auch noch alle Bodeninsekten. Das Futterangebot geht weiter zurück. Die Nahrungsketten versiegen zusehends, weltweit. Ich hatte selbst längere Jahre eine Wohnung mit zirka 500 Quadratmeter Wiesengrundstück. Während ringsum die Rasenmäher knatterten, hatte ich Freude daran, hochgewachsenes Gras und Wiesenblumen mit der Sense zu mähen. Scht-scht-scht!

Aber keine Sorge, liebe lesende Person. (Ist ja heutzutage das Wichtigste überhaupt, alle Arten Menschen korrekt anzusprechen). Wie bei allen vorangegangenen Massenaussterben wird das Leben auch wieder in einigen Nischen überleben. Wahrscheinlich auch einige Menschen, die dann wieder die alten Fehler machen dürfen.

Schluss für heute.
Ihr Dietmar Krönert

DIETMAR KRÖNERT wurde 1949 in Frankenberg in Sachsen geboren und lebt seit 1952 in Baden-Württemberg. Er arbeitete 51 Jahre lang in verschiedenen technischen Berufen, hat weite Teile der Welt bereist und war zeitlebens kulturell und künstlerisch interessiert. Seit seinem Ruhestand widmet sich Dietmar Krönert dem Romanschreiben. Nach der Science-Fiction-Trilogie »Zeitsprünge«, den Thrillern »Splatterconnection«, »Love & Order«, »Verzweifelt - Eine Mutter sieht rot« und »Xerxa, Fürstin der Finsternis« ist »Terraforming Mars« ein weiterer Science-Fiction-Roman.